スイホスルオトコ

醉步男

[日] 小林泰三 著
丁丁虫 译

北京时代华文书局

阿卡姆
ARKHAM

目录

醉步男

我不知道其他人是否也有过类似的经验，至少我经常会遇到一些比较奇怪的事情。比如说，某一天想去某家小饭馆的时候，突然就发现自己找不到小饭馆在哪里了。那家小饭馆明明去过了很多次，而且饭馆所在的那一带地方也都是自己平时经常去的，饭馆的大致方位也还记得，可就算一个巷子一个巷子地找下去，最后也还是找不到。这时候我就会禁不住想，说不定是这家店关门了，再不然就是搬家了。可是，过几天再路过那里的时候，突然又看见了那家小饭馆，这就说明前几天没有找错地方，那么为什么当时就找不到呢？我想只能说我当时是被狸猫*迷住了，不然也没什么更好的解释了。

有时候我也会想，到底这种事情是只有我一个人经历

---

* 狸猫：在日本的神话传说中，狸猫是一种神秘的动物，它们擅长使用障眼法，常常对人类搞些无伤大雅的恶作剧。

过，还是不管谁都曾经遇到过呢？虽然我确实很希望知道答案，可是又不敢贸然去问旁人。因为如果直接去问了，而问出来的结果是这种事情竟然只有我一个人经历过，那就等于是把自己的缺点暴露了，以后再和这些人见面的时候，难免会觉得比较尴尬。出于这样的考虑，我到现在也没有问过旁人。

有间酒馆就是这样。那酒馆是我和朋友们参加完宴会或派对之后去的小酒馆。在我的记忆里，去这间酒馆的时候就算不预约，也从没有碰到过客满的情况，这一点还是让人比较满意的。反正找一间新的酒馆也很麻烦，所以大家自然而然地就经常去那里了。不过比较古怪的是，有时候我并没打算到那家店去，可走着走着，不知道什么时候那间酒馆就在面前了；更古怪的是，如果换作白天，我即使走遍了那一带也找不见那家店，而且好像连店的名字都记不清楚。有一回我试着问了问朋友，他们都认为一定是我醉得太厉害了，连喝酒的地方都弄混了——反正就是弄得我很难为情，于是后来再也没问过了。

有一天晚上，我又和一些朋友来到这间酒馆。聚到一起喝酒的原因已经记不得了，总不外乎是谁换了工作，或者谁升了职之类的事情。

“但是，公司里我们的同学可越来越少了。”有人说。

“你弄错了吧？你以为那些号称辞职不干的家伙真的是

不干了吗？其实有不少人就是换了个地方继续工作，只不过谁都没有说罢了。”我回答道。

“不是不是，真正辞职的人确实有很多，”另外一个人说，“山田、佐仓、丸尾、野口，还有藤木，不都是辞职了吗？”

“藤木是调动工作，”我纠正说，“那家伙去了亚马逊分公司。”

“是吗？嗨，反正不管怎么说，辞了职的、换了工作的家伙相当多啊。”

“那也就是说，”又有个什么人说，“我们都老了，在公司的年头越来越长，同学也越来越少了。”

“你是老了，我可还不老。”

“什么呀，我和你是同年的吧？”

“我比你出生得还要早哩。”

“是啊。所以你失业了，而我还在工作呢。”

大家有一句没一句地闲聊着，时不时冒出一阵哄笑。不知不觉间，又过去了好个几钟头，这时候便有几个人提出该回去了，于是大家都纷纷起身准备回家。糟糕的是，外头天气突变，居然下起了瓢泼大雨。大家都没带伞，商量了一下，都觉得冒这么大的雨冲到车站的话，全身肯定都要湿透，还不如几个人出钱合乘一辆出租车回家来得好一些。

然而，合乘出租车的做法对我并没有什么好处，因为我家的方向和他们所有人都相反，没办法合乘一辆出租车。于是，我不得不让打算合乘的人先走，直到最后整个酒馆里只剩下我自己一个人，孤零零地等着最后一辆出租车开过来。

不过，店里其实还有一名男子在。不知道为什么，我总觉得这名男子好像一直在偷偷观察我。他的年龄和我差不多，看上去比流浪汉强不了多少，穿的衣服又脏又乱，一眼就能看出他不是有稳定工作的人。他戴着一副眼镜，脸上净是弯弯曲曲的皱纹，眼镜一直不停地往下掉，时不时地要伸手去扶正它。整体看起来，我感觉这名男子虽然不大像是喝醉酒的样子，却总有一些不大对劲的地方。

我被这个家伙观察了很久，多少觉得不大自在，于是也开始注意他，谁知道他察觉之后居然从座位上站起来，直接走到我的面前说：“唔……冒昧打扰了，我想请问一下……你是不是认识我呢？”

我把该男子的形象在头脑中迅速搜索了一遍。

“对不起，我不认识你。你恐怕是认错人了吧？”

“啊，是这样。我明白了……原来如此……十分抱歉。不过，我并没有认错人。应该说，我对你非常了解，但既然你不清楚我的事情，那我就不能自称是熟人了……那么，打扰你了。”

他向自己的座位走去。

“等一下，”我叫住那个男子，“你说的是什么意思？你非常了解我的事情？你刚刚是这么说的吗？”

“是啊，我了解你的事情。”男子回答说，但并没有转过身，“不过你好像完全不了解我的样子。”

男子继续往自己的座位走去。

“等一下，”我也站了起来，三步两步追上那个男子，“那就是说，你刚刚还是弄错了。”

“不是弄错了……不过反正都一样。对不起了。”

“不一样吧？如果你确实了解我的事情，而我却又不认识你，那就是说，是我把你忘记了——是这样吧？”

“不，不是这样的。应该说，你从一开始就不认识我。毕竟按我对你的了解，你并不是那种会忘记大学同学的长相的人。”男子向我露出了一点微笑。

“你的意思是，你是我的大学同学？”

“啊，不，应该不是。如果我是你的大学同学，那么你就是真的忘记老朋友的长相了——呵呵，我不能说自己一定就是你的老朋友，不过即使是关系一般的同学，也总应该记得长相的。所以说，你既然不记得我，那么我就应该不是你的同学了。”

我完全被弄糊涂了。这个家伙到底在说什么？他的话好像完全没有意义。难道说，这个家伙虽然从外表上看不出喝醉了，但实际上却是醉得一塌糊涂了？或者是说，真正醉得一塌糊涂的人是我？

“再确认一下，你和我并不认识？”

“是的，”他点了点头，“你完全没有关于我的记忆就证明了这一点。”

“我问的不是这个，”我有点儿不耐烦地说，“我的事情是我的事情，但现在我想知道的是你的事情——你知道我的事情，可我不知道你的事情，这样说没错吧？”

“是的。”

“那么，你和我到底是什么关系？”

“这个啊……我不知道。应该没关系吧。”他轻轻叹了一口气。

“那么我换个问题好了。你为什么说你知道我的事情？”

“因为你是我大学时候很要好的朋友。”

“刚刚……就在十秒钟之前，你刚刚说过我和你之间没有关系，对吧？”我确认道。

“是的。”

“可是你又为什么说我们是大学时代的好友呢？既然是好友，那么不管嘴上怎么说，事实上应该还是有很好的关系吧？”

“不是。”他回答说。我觉得，他的表情看上去似乎有点悲伤。

“那么，是不是说我们以前是好友，但后来闹翻了，所以现在就成了毫无关系的人？”

“不是……我想，现在也好，以前也好，我们都是毫无关系的。”

“那你刚才为什么说我们两个人在大学里是很好的朋友？”我愈加急躁，声调也高了起来。

“十分抱歉，是我说错了。”

“不是抱歉不抱歉的问题，而是你刚刚确实那么说过。你说，你之所以了解我，是因为我们在大学里是很好的朋友。”

“是的。”他似乎终于决定了什么，直视着我的眼睛说，“我是那么说过。”

这个家伙是在戏弄我吗？差不多从第一句话开始，他就一直含含糊糊地说着完全没有头绪的话，这样的人，还是别去招惹他比较好吧，反正出租车就快来了。而且，这名男子大概也不是真的想和我说话，他应该只是随便想找个什么人聊聊。如果是这样的话，这家伙可真是太无聊了。

“如果你的回答能再稍微清楚一点儿，那我可能会比较容易理解，但现在我却怎么也听不懂你的话，大概是因为我自己太笨了。十分对不起。”我往自己的座位走回去。

——不对。就这样回去的话，岂不是让他得逞了吗？他一定以为自己把我耍得团团转了。不行，无论如何，我也应该揭穿这个家伙的把戏，至少要让他知道我并不是那么容易被耍的人。

我走了回来。

“你知道我的名字吗？如果你的确是我的好友，总应该知道我的名字吧。”

“你叫血沼壮士。”

太简单了。刚刚和朋友喝酒的时候就有不少人喊我的名字。这个男子肯定就是那时候听见的。

“我的生日呢？”我紧接着问。

“十一月二十八日。”他也紧接着回答。

“血型？”

“AB 型。”

这是怎么回事？难道说，这个家伙很早以前就打算好了要找我的麻烦，所以专门对我做了许多调查？可是他到底有什么企图呢？——啊，我还是让他报报自己的名字看看，说不定真是我多年前的朋友吧。

“那你的名字是？”

“小竹田丈夫。”

从没听过这个名字。这到底是怎么回事？难道是这个自称小竹田的男子在给我下什么圈套？再不然就是我醉得太厉害，以至于连自己的好友都忘记了？

“那么，小竹田先生，关于我，你还知道些什么事情呢？”

“你从初中到高中，一直都希望成为一名诗人。”

确实如此。不过，在中学时代，本来就是有很多人都希望自己能够成为诗人吧。

“一直到大学毕业为止，你一共存下了五本诗集。”

诗集的册数居然还被他随口说对了。不过能坚持写十几本诗集的人本来就是很少的。

“但在大学毕业以前，你就把那些诗集全都给烧了。所以关于那些诗集的事情，除了你自己以外，其他人都不知道。”

偶然，肯定是偶然。纯粹是碰运气瞎猜的。要不然是我曾经把诗集的事情告诉过某个人了？不可能，这件事应该连家里人都不知道的。除非……这个男子真是我的老朋友？

“那五本诗集的名字，分别叫《春之诗》《夏之歌》《秋之句》《冬之咏》，还有一本叫《无题》。”

我僵住了。我有一种预感，这件事也许根本没有一个合理的解释。我有点儿恶心，想吐。我怀疑这是个梦。可是，它又是真实发生在我面前的。我浑身冰冷。不能再和这名男子说话了，必须马上停下。可是就算马上停下，恐怕都已经太迟了。我要保持清醒。无论如何都要从这里逃出去。我无声地祈祷着。

“出租车来了。”从酒馆的入口处传来了出租车司机的声音。

谢天谢地，祈祷应验了。可我浑身还是冷得像冰一样。

我头脑中盘旋着无数的可能，却始终找不到一个足以让人信服的解释。幸好出租车来了，可以不用再管这些事情了，终于可以逃出去了。

“真是很有趣。”我的嗓子干渴得难受，只能嘶哑着声音向那名男子——小竹田丈夫——说，“但可惜的是，这个戏法太出奇了，所以反而让人难以置信。不过，我这个人好奇心比较重，对这种事情还算有点儿兴趣。这样吧，如果方便的话，明天晚上，还是在这里，我再向你请教，你看怎么样？”

“……有些为难啊……如果真的要明天在这里见面的话，我就不得不熬一个通宵了。”

这家伙在说什么啊？

“你的意思是，你没有住的地方吗？那么，住在我家如何？不过，因为家里还有内人……”我猜到了他的想法，于是抢先说。

“当然不行。那样的话可就太失礼了。”

“那么，我介绍一家旅馆给你，如何？那家旅馆也是我经常去住的……”

“不是因为住宿的问题。”那男子坦然地说，“实际上，我的家就在附近，直接回家就可以了。”

“那为什么又说要熬夜呢？……冒昧问一下，是不是因为有什么不好的事情发生了，你才来这家店的？”

“啊，不是，不是那样的事情。我的意思是，如果不熬通宵的话，明天大概就来不了这里了。”

“为什么？”我又开始急躁起来了。

“唔……不太好解释，因为事情很复杂，一时半会儿说不清楚。而且，就算我说了，你也未必相信……一定要我解释的话，我只能说，到明天的时候，我就不在了。”

“‘不在了’是什么意思？是要离开这座城市了？旅行？搬家？”

“不是的，是我哪里都不在了。”男子低声回答道。

“呃？难道……对不起……你的意思是说，你今天晚上就会……死？”

“啊，不是死的意思。我的话确实不太容易理解。这么说吧，从你的角度来看，明天是我不在了；而从我的角度来看，明天是你不在了——但不管从哪个角度看，都不能说对方是死了。”

这个家伙还是在戏弄我吧？或者是在打算诈骗我？如果他确实准备好了要诈骗我，那他事先肯定会对我做一番充分的调查，这就可以说明为什么他会知道我的名字和生日之类的信息了。

“客人，出租车在等着呢。”酒馆门口传来司机有点不耐烦的声音。

“对不起，马上就来。”我向外答应了一声，转回头对男子说，“既然如此，那就只有这样了。出租车还在外面等着呢，我先告辞了。”

我走出酒馆，向出租车走去。

还不错，没出什么事。就算那名男子存心诈骗我，可只要我不理会他，他就没办法把我怎么样。不过话说回来，如果我没有赶快离开的话，说不定就要上当了。

出租车司机大概是等得太久，憋了一肚子的闷气，所以我一走到车子的前面，车门便猛地弹了开来。我自己觉得自己理亏，于是装作没有注意的样子，径直坐到里面的座位上，抱起双臂，闭上眼睛，回想那个男子话中的含义。

——那家伙为什么会说起诗集的事？是为了取信于我？以为只要说出诗集的事，我就会相信这名不认识的男子是我大学时代的好友？不对，那家伙自己说过他不是我好友。那么，他到底有什么目的呢？

“请问你要去哪里？”

他为什么会知道诗集的事？他又为什么会选我做目标？

“我还是不走了。”

“什么？”

“我暂时还不打算回去。”

“什么意思啊！你先叫了出租车，叫来之后又让我等了这么长时间，现在又说不走了，开玩笑也不能这么开吧？！”

“对不起，是我不对。”

“虽然说对不起，可到底这种做法也太过分了吧。我开车到这里的时间加上等待这么久的时间，这些损失该怎么算啊？”

我从钱包里取了几张纸币出来。

“这样你看可以吗？我想，即使真的把我送到家里，大概也不过这么多钱吧。这样你就应该没有损失了——而且实际上你还节约下了送我回去的时间，这个时间可以用来送其他客人，你还是占了便宜的，对吧？”

“呃？这样可以吗？不是不是，我虽然这么说，但并不是这个意思……这样子总不太好吧。”

“没关系，本来就是我不对，请收下吧。”

“那样的话，我就不客气了。”

司机收下钱，等我下了车之后，很快就把车开走了。

接下来——那个家伙，你既然让我蒙受了损失，就必须给我一个说得过去的解释！一团怒火在我胸中点燃。为什么要像一个小孩子似的，被人家稍稍吓唬一下就忙不迭地想要逃跑呢！

我踩着重重的脚步，怒气冲冲地回到酒馆里。

那男子正坐在收银台旁边的座位上，面前酒杯里的加冰威士忌已经喝完了，剩下的冰块也渐渐化开，杯底积了一层薄薄的水。

“小竹田先生！”我大声喊道。

他好像吃了一惊。

“啊，血沼先生，出租车开走了吗？”

“不是。是我忘记了东西，所以回来了。”我在他旁边坐下，“实际上，是我忘记听你说完剩下的话了。如果就这么回去，心里头实在不舒服，尤其在我已经知道自己丢失了一部分有关过去记忆的情况下。”

“丢失了记忆？”那男子脸上露出怀疑的神情，“你应该没有丢失记忆吧。”

“你不是告诉过我，你是我的好友吗？可我却完全没有那样的记忆，这不就是我的记忆丢失了吗？”

“啊，恐怕不是吧……一定要说丢失记忆的话，恐怕也应该说是我的记忆丢失了。因为，血沼先生，你和我确实不是好友，只不过在我的头脑当中存有这样的记忆，以为你是我的好友罢了。”

“你的意思是说，”这名男子说的话越来越莫名其妙了，看来我留下来是个错误，还是应该直接回家才对，“你自己的记忆出错了？被植入了虚假的记忆？”

“我的记忆是真的，只不过，关于两个人是好友的部分并不是事实。”

“你这话很矛盾啊……”

“我知道我的话不是很容易理解。这样说吧：首先，很明显，你并不知道关于我的事情，所以你和我并没有进入过同一所大学。”小竹田的目光并没有落在我身上，而是落在了酒馆墙壁上某个遥远的地方。“其次，对于我来说，我本来期望着你能了解一些关于我的事情，这样说不定就有可能帮助我找到过去的某些未知的片断——但是，现在的结果却是让你完全陷入了谜团之中。”

“明白了——啊，不是，是完全不明白。总而言之，出问题的不是我，而是小竹田先生你？”

“确实如此，”他点了点头，“而且出的问题极其怪异，简直就不可想象。”

“那么有什么我能做的吗？——既然我对于你而言，是你的一个好友。”

那男子微微抬起头，然后振奋起精神说：“我……很孤独。”

“说不定我可以帮忙。是精神上的问题吗？”

“是的。”

“那，你去接受治疗了吗？”我确信自己抓住解决问题的关键了。

“治疗……是不可能的。”

“你怎么知道？去看过医生了？”

“我就是医生。”男子突兀地说，然后看着我笑了笑，“不，当然不是。不过说是医生也不算错吧。呀，总之我实际上并不是医生。”

“那么就请和我说说看吧。”我轻吁了一口气说，“不过，最好能按着顺序说，这样我可能更容易理解一点。”

“血沼先生，你没有听我说话的义务啊。”他微笑着说，“勉强自己陪着我的话，你自己也会不愉快的。”

“我确实没有听你说话的义务。但是，”我指着小竹田说，“我想你有同我说话的义务。”

他好像吃了一惊。“这又是怎么说的？”

“你本来可以不和我说话，但你还是说了，而且说的都是些很难理解的东西。就拿你来说，如果听到某些事情完全不合逻辑，但又有确凿的证据表明这些事情都是真实的——更重要的是，话说到一半的时候还停下不说了，那么你会有什么样的感觉？”

“如果那样的话，”他想了想，慢慢地回答说，“我大概会觉得很难受，应该会觉得总有什么地方不对劲吧。”

“说不定整个晚上都会睡不着觉吧。”

“唔……不过，随着时间一天天过去，渐渐地也就会忘记了吧。”

“你也许会忘记，可我是个有点儿神经质的人，现在遇上了这种事情，说不定此后一生都会在不安中度过。”我感觉现在自己已经掌握了谈话的主动权，于是进一步用命令的口气说，“不管怎么说，小竹田先生，如果不是因为你，我这一生恐怕都不会听到这些奇怪的事情。所以，请你承担起你应该承担的责任。”

“……就算是我的责任，可我到底该怎么做才好呢？”

“很简单，你给我一个合理的解释就可以了。”

“即使我说的都是事实，你还是会觉得难以理解的。”

“能否理解，最终要由我自己来判断。你还是先说说看吧。”

“但是……”

“再磨蹭下去这里就要关门了。快说吧。”

于是，男子开始了讲述。

我——小竹田丈夫，和你——血沼壮士，我们两人在同一年里考入了同一所大学的同一个专业，恰好我们两个又是同乡，所以很快就成了要好的朋友。在大学里，我们两个都没什么特别出众的地方。学业上我们都不是顶尖的学生，体育上也没有什么出色的表现，四年里我们就这么平平淡淡地过来了。到毕业的时候，我们两个人都不想马上参加工作，于是又结伴去考研究生——现在回想起来，大学四年里，只有准备研究生入学考试的那段时间是在认真学习吧。不过考上研究生之后，我们又变回了老样子，加上两个人都分在同一间实验室，于是每天就在校园里漫无目的地到处闲逛。

有一天，实验室里分来了几个大学四年级的学生。通常来说，每年四五月份的时候都会有这种分配。但那些分配来的学生往往都要等到研究生入学考试结束、暑假休完之后才会真正来到实验室里学习，所以那时候我们都没有注意到新分配来的这些学生里还有一个女生。实际上，我们是在收到新生欢迎会的邀请函，看见上面竟然有一个女性的名字的时候，才注意到那个女生——菟原手儿奈。

那时候，我已经有过几次恋爱的经历，不过次数并不太多，而且每一次持续的时间都不太长，往往也就是在几个月之内就结束了。其实说是结束，却也不是那种很明确的分手，只是见面的次数不知不觉间越来越少，慢慢到最后面都不见了，也就相当于分手了——换句话说，恋爱关系是自然而然地消失了。一些恋爱经验丰富的朋友经常会说，我这个样子其实根本就是还没有开始真正的恋爱。我被他们说得多了，自己也觉得有些失败，所以暗暗下决心要尝试一次真正的恋爱看看。恰好在这时候，手儿奈出现了。

下定了决心的我，在新生欢迎会上坐到了手儿奈旁边。为什么会做出那样的举动，至今我都不太明白，也许是一时出现的灵感吧。而当我察觉到你一直在自己的座位上注视着手儿奈的时候，我也突然明白自己必须要赶快行动，否则，说不定什么时候就被你捷足先登了。至于为什么我会注意到你的行为，这恐怕也是某种突然闪现的直觉吧。

“嗯……菟原小姐，”我的声音听上去比平时高了一度，

“那个……你的名字，是不是有变音，该怎么读呢？”

该怎么读，我当然是知道的。之所以这么问，其实只是为了寻找一个说话的机会。

“呃？”突然被人搭讪，手儿奈稍稍吃了一惊，“啊，我的名字应该念作‘taikaona’。”

“有什么含义吗？”

“是古书里的名字，大概是传说什么的*。不过，这个名字的含义大概也正被彻底改变着呢。”

我不明白手儿奈的回答是什么意思。什么叫“含义正被彻底改变着”？是古书的内容被改写了吗？我考虑着手儿奈话中的意思，交谈自然就在中途停了下来，我们两个之间出现了冷场。

我犹豫了一下，深深吸了一口气，开始寻找一个新的话题。

“菟原这个姓，好像也是很难写的吧。”

“是啊，经常有人这么说呢。‘菟’是一种草的意思。我父亲的老家在乡下，那里好像全都是叫菟原的人。”

“哦？你父亲的老家在哪里？”

---

* 《醉步男》的整个故事取材于日本现存最早的诗歌总集《万叶集》。在传说中，小竹田与血沼都爱上了菟原，而菟原又无法在他们两人之中取舍，最后投河自尽，得知这一消息的小竹田与血沼也随之自刎。今天在日本神户市石屋川有处女坟、东求女坟和西求女坟三处景点，传说就是菟原、小竹田与血沼三人的坟墓。手儿奈说她的名字来源于古书，原因即在于此。

手儿奈皱着眉头回想着："对不起，我很久没碰地理书了。"

"很久没碰地理书？可是，父亲的老家总该记得吧？"

"嗯，有点儿奇怪吗？我以前还是记得的，但时间长了，慢慢地就懒得一个一个重新记起来了。"

"啊，这并不奇怪啊。"我还是不太明白手儿奈的意思，于是又鼓起勇气换了一个话题，"菟原小姐有什么爱好吗？"

"石头的气味。"

"呃？！"

"石头的气味就是我的爱好啊。"

"石头……是什么特别的矿石吗？"

"唔唔，就是路边普通的石头。"

"可是，普通的石头什么气味都没有啊。"

"啊，是那样的吗？我还没注意到呢。这么说，石头的气味已经没有了呢。"手儿奈的眼睛恶作剧似的闪耀着绿色的光芒。

啊，她是在取笑我吗？是取笑我太认真了？还是取笑我这个人没什么幽默感？我是不是应该开一个美国式的玩笑让她看看呢？算了吧，如果一直都说这些不着边际的话，那到晚会结束都没个完。我还是直接问一些比较关键的问题试试看吧。

"菟原小姐，你现在……那个……有男朋友了吗？"

“为什么会问这种问题呢？”手儿奈的表情变得严肃起来。

完了，她讨厌被人问到这种问题吗？现在我该怎么回答才好呢？

“没什么特别的理由，只是刚好想知道一下罢了。”我想不出什么好的借口，只得这么说。

“我有没有男朋友的事情，你只是‘刚好’想知道一下吗？”

“啊，不是，是那个……是因为我比较关心菟原小姐的事情啊。”

手儿奈微微侧着头，注视着我说：“小竹田先生是喜欢我吗？”

手儿奈说出那句话的瞬间，我忽然觉得四周变得一片静寂，整个会场上似乎只剩下我和手儿奈两个人。

“要说喜欢嘛……”

“或者是讨厌？”

“不，是喜……喜欢。”啊，我这个家伙，居然说出来了。在这样的场合、这样的状况下。

“我对你的感觉很普通。”在周围的喧闹嘈杂中，手儿奈淡淡地说，“不过，因为刚刚认识，所以也没有什么讨厌的感觉。”

不知道发生了什么事情，会场里的人们突然都大笑了起来。我瞥见你也一起大笑着，心忽然放了下来。

“这么说，如果你还没有讨厌我的话，明天一起去看电影好吗？电影的名字叫《疯狂山脉》，明天是小范围的预演，我刚好有两张票。”我知道有几个低年级的朋友有票，今天晚上去抢他们两张就是了。

“啊，那部电影非常有意思啊。”

“呃？你已经看过了吗？不对吧，明天才是第一场预演啊，你是哪里看的呢？”

“是在露天电影院看的。”

“呃？没道理吧，你是不是和别的电影弄混了？”

手儿奈忽然高声笑了起来。

“生气了吗？”我不安起来。期待许久的机会就这样彻底断送了？“不是真的生气了吧？”

“没有没有。”手儿奈的眼睛又开始闪烁起绿色的光芒，“是啊，还没开始预演的电影我居然早就在露天电影院看过了，当然是很奇怪的事情啰。”然后她又大笑了起来，等到笑完之后，才对我微笑着说，“那明天我们在哪里见面呢？”

就这样，我和手儿奈开始交往了。从那时候开始，我们每个星期少则约会一次，多则五六次，所有认识我们的人，也包括我自己，都认为我们确实是一对亲密的恋人了。

手儿奈虽然不是那种闭月羞花的美女，却有一张孩子般可爱的脸庞，对于男性来说，似乎有一种天然的亲和力。

她的身材虽然并不如何出众，但这种像孩子一样略显丰满的体态也能让男人的心里有一种痒痒的感觉。和这样的手儿奈一起漫步在校园里，我总会有一种情不自禁的自豪感。

“这朵花的香味，从音乐的音阶上来说，就是尖锐的‘La’。”手儿奈常常会这么说。

“尖锐的‘La’？什么意思？闻这朵花的香味的时候可以听到声音？”

“唔唔，不是那样的意思。这个香味和尖锐的‘La’是一回事。小竹田不这么认为吗？”

“呃？可是，声音是声音，气味是气味。你的话很奇怪呀。”我看见手儿奈认真的样子，忍不住笑起来。

“讨厌啦，把人家当成傻瓜一样。”手儿奈越来越可爱了，“前几天也是这样的。找到好吃的巧克力糕点店，告诉你那个味道的时候，你也是这么大笑的。”

“可是，那是因为你说糕点的味道是绿色的啊……”

“不是绿色，是红里带一点紫的颜色啦。”

“反正我觉得那糕点的颜色很奇怪。”

“颜色还是普通糕点的颜色，就是巧克力、冰激凌和水果混合起来的颜色呀。只不过味道是红里带一点紫的。”

我笑了起来。

——然而，今天再回想起来，手儿奈应该是真的听到了香气、看到了味道。她有着一颗自由的心，对于什么是声音，什么是颜色，并没有常人那种刻板的观念。我越来越觉得，在手儿奈的身上散发着一种奇妙的、难以言喻的魅力。

“手儿奈，我以前和你说过的，你应该去结识一些朋友。”我温柔地笑着说，“怎么样，找到人选了吗？”

“唔，找到了。我本来并不是特别想要找朋友的，不过你既然说了，我就开始注意了。有一次我在上课的时候看到有人拿着同样的讲义，于是就和她交上朋友了。”

“哦，是怎么交上朋友的呢？”

“很普通啦。下课以后，我走到她的座位前面说：‘我叫菟原手儿奈，我想和你交朋友。能告诉我你的名字吗？’”

我再一次大笑起来，抱住手儿奈。即使是今天，我再一次回想起那个时候，依然觉得那是我人生中最美好的时刻。

“我至死也不离开你。”

“真的？”

“嗯，真的。”

“直到死？”

“嗯。”

“直到谁死？”

“嗯？”

“直到我死的时候？还是直到小竹田君死的时候？”

“都一样。你如果死了，我也就死了。”

“可是，就算小竹田君真的死了，我也不会死的。”

手儿奈的话让我感到微微一震。

“没关系，小竹田君不会死的。即使我死了，小竹田君也不会死的。可怜的小竹田君……”她把嘴凑到我的耳边轻轻地说，“你说假话哦。”

我知道手儿奈的性格绝不是喜欢卖弄的那种，但她举手投足之间自然流露出来的魅力，却常常会吸引异性灼热的目光，于是便常常会有男子趁我不在的时候向她求爱。当然，手儿奈绝不是一名轻浮的女子，对于吸引异性的种种事情，她其实是一无所知的。可以说，这种影响力更多的是一种与生俱来的本能，而不是她刻意追求的效果。从她的角度来说，她只不过是想要尽可能巧妙而适当地接待那些朋友罢了——然而我那时还是个孩子，远不能理解这一点，所以在不知不觉间，我心中嫉妒的火焰便愈燃愈烈了。如果说在一开始我的嫉妒还只是小小火苗的话，那么每当我看到一次她又被男子求爱的情景，我心中的嫉妒之火就又会燃烧得猛烈一分。

终于有一天，当我又一次看到她和某个纠缠了她很久的男人在一起，而那个男人又一次要求和她约会的时候，我心中最原始的野性终于爆发了出来。

——手儿奈！你就这么喜欢被人邀请吗？这样的话，你最好事先就告诉我！为什么一边享受别人求爱，一边假惺惺地把我的名字挂在嘴边？你喜欢看男人因为你打架是吗？

那好，我今天就满足你的愿望！

我从后面一把抓住正在和男子说话的手儿奈的手，用力把她的身子强行拉到面朝着我的方向。手儿奈吃了一惊，不过等她发现拉住她手的人是我的时候，瞳仁里便又闪烁起绿色的狡黠光芒。

“哎呀，原来是小竹田君啊。你是想吓我一跳吧。”

我不理睬她故作乐观的回答，带着深深的怨气咬着牙问：“你到底在和这个家伙说什么？在定约会的时间？”

“呃？什么呀？”手儿奈真的吃惊了，“我正在和这位坂森君说美芦的事情。美芦就是我以前和你说过的那个网球部的朋友，坂森君和她在同一个俱乐部，他曾经看见我和美芦在食堂一起吃饭……今天坂森君刚好遇到我，就和我说起关于她的事了……”手儿奈的视线在我和那个叫坂森的人之间跳跃着，有些难为情地解释说。

我根本不听手儿奈的解释，也完全不理会坂森的存在，只是伸手抓住手儿奈的肩膀，一边摇着她的身子一边大喊道：“多少回！多长时间！你说！你说！你说！想拿这种借口骗我？当我是傻子吗？你们到底在干什么？告诉我！告诉我！”

“我没有骗你！我说的都是事实！”

其实，我自己也明白这一点。手儿奈是没有错的。退一万步说，就算手儿奈真的是在和别的男子约会，甚至订婚、结婚，作为我这个和她非亲非故的人来说，根本就没有阻止她的权力。但是，那时候的我完全不懂得宽容，只要一想到我的手儿奈在和别的男人说话，我全身的血就像冲到了头顶上一样——尤其是这一幕就发生在我眼前的时候。是的，那时候的我还太年轻了，即使我已经意识到了自己的失态，也完全没有办法控制自己的情绪。

“你狡辩！就因为你天天都是一副含糊暧昧的样子，这些男人才会天天缠着你！你要是真的那么清白，就拿个更坚决的态度出来，让这些不三不四的男人死心！”

被我说成是不三不四的男人，一直在旁边沉默着的坂森好像被我刺激到了。

“等一下哟，你这个人，还不了解菟原小姐的事情就这么乱说，不觉得自己有些过分吗？谁不知道菟原小姐是个好女孩啊。”

——坂森说得对。

“放聪明点，别把手放在菟原小姐的肩膀上！”

——我是惹人厌的男人。

“怎么，还不放开？”

坂森举起了拳头，但立刻就被手儿奈按住了。

——啊！为什么？手儿奈，为什么你会去接触其他男人的身体？

我的一腔怒火突然都转到了坂森的身上。

“要我说，”坂森瞪着我，“菟原小姐那样温柔的女孩子竟然成了你的女朋友，真是一朵鲜花插在牛粪上了。”

我要冲过去把坂森揪起来，手儿奈拿整个身子挡住我。我嘴里骂着喊着不成字句的话，坂森对我比了个手势，然后穿过看热闹的人群，匆匆走开了。

我用力把手儿奈的身体推开，她跌坐在地上。我故意不去看摔倒的手儿奈，冲着坂森背影大喊：“是男人就不要跑！”

手儿奈像是哭了。

然后手儿奈从地上站了起来，死死盯住我。我能感觉到她眼神里的愤怒。

“你闹够了吧！你把我当成是你小竹田的私有财产吗？”

“你终于承认了？干脆点儿告诉我，你现在想做谁的私有财产了？！”

手儿奈的肩膀颤抖起来。

“够了！”

她推开围观的人，从我身边跑了出去。我也追出去，在她后面高声喊着：“你这个勾三搭四的女人！我看上你是我自己瞎了眼！”

——手儿奈不是那样的女人。

那件事之后，一连好几个晚上我都是在后悔、心痛与苦闷的情绪中度过的。手儿奈那里没有任何消息。我也想过主动向她去认错，但我终究没有，因为我担心即使自己去认错了，也没办法得到手儿奈的原谅。

季节变换，一转眼半年过去了。半年中我从没有去找新的女朋友，每天都只想着手儿奈。每次走进大学校园，我都会下意识地寻找手儿奈的身影，但即使偶尔真的看到了手儿奈，我也从来不敢靠近，只敢远远地望着她。

当我看见手儿奈一个人走着，或者和女性朋友们走在一起的时候，我就会感谢神灵的眷顾，尽管我本来是一个彻头彻尾的无神论者。但是，当我运气不好，看见她和男子说话的时候，我就会揪住自己的头发，发出痛苦的呻吟。

可以聊以自慰的是，我从别人那里得知，手儿奈并没有交别的男朋友，所以我一直都幻想着——甚至经常会在梦中见到——她有一天会再一次回到我的身边。我自己也暗暗发誓，如果真的能回到从前的样子，我一定不能再像从前那么嫉妒了。

然而，有一天，我还是看到了我最不想看到的事情。

那一天我吃过午饭，向研究室走过去的时候，忽然看见你和手儿奈从相反的方向走过来，一边走一边很热闹地有说有笑的样子。我看到你们两个聊得那么开心，几乎下意识地躲到了道路旁边的树后面，而你们两人也似乎根本没有注意到我，就这么从我藏身的树木旁边向着食堂的方向走了过去。看起来，你们两个人是要一起去吃饭。

这个时候，我才是真正体会到什么叫作嫉妒得发狂了。和这一次比起来，以前的嫉妒就像天鹅的绒羽一样轻盈美好。现在回想起来，我那时之所以会有那样强烈的嫉妒心，恐怕也是因为和手儿奈交往的对象是你——我大学里最好的朋友。我从手儿奈的表情中察觉到了你们的这种关系。

那天晚上，我把你叫到我的宿舍。

“血沼，你到底是什么居心？”

“什么意思？”你看起来好像并没有意识到自己做了什么，“怎么发这么大的火？”

“手儿奈的事。”

“手儿奈？”你摆出一副无辜的表情说，“手儿奈怎么了？”

“你最近一直在缠着手儿奈！”

“呃？这话不对头吧？可不是我缠着手儿奈，是我们两个在交往哦。”

“不可能！”

“不可能？呵呵，显然你想错了。不但可能，而且手儿奈好像很喜欢我啊。”

“手儿奈是我的女朋友。”

“是么？怎么我听手儿奈说的和听你说的事情不一样呢？……嗯，一定是有谁弄错了。我猜，弄错的多半是你吧？我和手儿奈已经交往了三个月，完全没觉得她是脚踩两只船啊。”

“废话，手儿奈当然不是那种女人。”

“哦，那就没有误解了。好啦，我回去了，明天见。”你顺手把我的桌子抽屉拉开，从里面拿出五本笔记本。“诗集我拿回去了，明天去给手儿奈看看。”

你正要往外走，我叫住了你。

“站住！血沼，你是个既卑鄙又胆小的家伙。”

“你说什么？”你好像有点儿生气了，“为什么说我既卑鄙又胆小？”

“你不是想逃走吗？”

“逃走？我什么时候逃走了？我又为什么要逃走？”

“如果你认为手儿奈是自己的女人，那么就来争一个胜负吧！”

“小竹田，你知道自己在说什么吗？争胜负是什么意思？胜负早就定了。”你好像很疑惑，“胜负也好，别的什么也好，抛弃手儿奈的好像就是你吧？”

我猛地往你的胸口上一推。你重重地撞到墙壁上。

“你听谁说的？！”我嘶哑着声音说，“我抛弃手儿奈的事情是听谁说的？”

“本来就是谁都知道的事情。”

“我怎么就从来没听说过？你到底是从哪里听来的？”

你没有回答我的问题，头也偏到了一边。

我一直死盯着你。

最初，你的脸上摆着一副强硬的样子。半晌过后，你的表情渐渐柔和起来，最后你低下头，用低低的声音回答：“是手儿奈……”

我突然间明白了。

原来如此。

很好。很好。手儿奈并没有忘记我，所以她才会说，是我把她抛弃了，而不是她主动离开了我。这也就是说，到今天为止她仍然爱着我。

原来如此。

不用说，我当然没有抛弃她，但她以为我抛弃她了。换句话说，两个人都没有要抛弃对方的意思，但两个人都以为对方把自己抛弃了。

我大笑起来。

“喂，小竹田，你没事吧？”

“啊，遗憾啊，真是遗憾啊。”我大笑着，泪水却充满了我的双眼，“这一次争胜负，是你输了。”

“你没头没脑地说的是什么话呀？”

“我是说，手儿奈还爱着我。”

“你是认真的？”

“啊，”我带着怜悯的眼神看着你，“血沼，你也是个可怜的家伙啊。"

"你是在胡言乱语吧。"

"不过这样说应该也可以：手儿奈自己还都不知道自己到底更喜欢谁。"我又一次大笑起来，"这样的话，还是要决一个胜负了——你去传个话给手儿奈，只要说'小竹田还爱着你'就行了。"

"我完全不明白你到底在说什么。我就算照你说的传话给手儿奈，那又能怎么样？"

"手儿奈就会变成我现在这种疯疯癫癫的样子。"

"我要是不同意呢？"

我逼近你。"你怕了？"

你抱起胳膊，偏着头沉思了一会儿，然后慢慢地、几乎是一字一顿地说："好吧，我答应你。我会向手儿奈传话，但我不会给你任何保证。我只是传话，然后把她的反应告诉你。另外，我也不会单单扮演一个传话员的角色。我会尽我自己的努力阻止她再回到你身边。我会告诉她我也爱着她——这样做你满意吗？"

我一直大笑着，说不出话，只有点头表示同意。

第二天，你来到了我的宿舍。单单看到你脸上严肃的表情，我就已经喜不自禁了。

"小竹田，你高兴得太早了。"你烦躁地说，"别以为手儿奈给了什么对你有利的答复。对你也好，对我也好，手儿奈什么答复都没有。”

“什么意思？手儿奈到底怎么说的？”

“手儿奈说，她不能只对我一个人做答复。她要在今天，在我们两个人面前做答复。”

我感觉到自己脸上的笑容凝固了。“……奇怪啊。”

“是啊，奇怪啊。”你应了我一声。

我们两个人都沉默了。宿舍里只有静静的呼吸声。

半晌过后，你终于忍耐不住了。

“小竹田，我觉得，还是手儿奈喜欢你的可能性更大一些。”

“为什么？”我反问道。

“如果她爱我的话，当时就应该告诉我了。”

“说不定她是想把这件事跟我说清楚，让我死了这条心。”

“可是没有必要同时对两个人说啊，”你像是恢复了一点信心，自言自语般地说，“如果她爱着我的话，应该先对我说，然后再三个人见面才对啊。”

“她没说过？”

“没有。”

又是一阵沉默。

这一次是我先忍不住了。

“我不觉得对我比较有利。”

“为什么？”

“如果她还爱着我，应该马上就让你传话给我了。有必要三个人一起见面吗？”

“说不定是怕我隐瞒不告诉你吧。”

“但这种事情即使隐瞒也是没用的。”我说。

沉默。

“真是奇怪啊。”

“是啊，真是奇怪啊。”

我们两个人不约而同抬起头，注视着对方的眼睛，试图找到对方是不是在故意装出忧虑的样子，但我们什么都没有找到。突然之间，我们两个人都想到，也许原本你我在手儿奈心目中的位置就是一样的。

“为什么，”我自言自语般地说，“为什么会变成这个样子？”

“难道只有到了今天，手儿奈才能决定自己更喜欢哪一个？”我注意到你刻意避开了“爱”这个字眼。

“是吗？那就是说，昨天她还决定不了？”

“大概是吧……可是为什么到今天就能决定了呢？”

“决定不了也许是因为两个都喜欢吧……”我低声嘟囔着。

“说不定也有可能是两个都讨厌吧……”

“我知道她讨厌我。”我回想自己对她做过的那些事情，“但是，为什么她会讨厌你呢？”

“她讨厌你？你现在怎么没信心了？昨天你不是还说‘手儿奈还爱着我’吗？”

“我昨天那么说过吗？”

“一个字都不差，你就是那么说的。”你说。

“……其实，我想说的是如果手儿奈喜欢我的话……算了，血沼，你怎么知道她会讨厌你呢？”你说得对，我对自己确实没有信心了。

“……我猜，说不定就是我帮你传话，让她觉得我这个人优柔寡断，然后就讨厌我了。”

“不可能是那样的吧。按照手儿奈的性格来说，她是不会有那种想法的。”

“说的也是，应该不会那样的。”看起来，你也同样没有信心的样子。

“说不定，是两个都喜欢？”我叹了一口气说。

“那么她今天是要对我们说，‘我两个人都喜欢’？”

“呃？那又是什么意思呢？”

“‘两个人我都喜欢，决定不了更喜欢哪一个，所以，我们三个人开始交往吧’？”你模仿着手儿奈的语气说。

“我可不喜欢这样子。”我轻轻叹了一口气。

“我也不喜欢。”你也轻轻叹了一口气。

“可是，如果手儿奈她并不讨厌这样子呢？”

“唔，我不知道……但并没有什么根据认为手儿奈会这么说，对吧？”

“对是对，可手儿奈到底为什么要让我们三个人一起见面呢？”

这个问题差不多已经是第四次问出来了。

“就是要一起讨论吧。”你说。

“就是要讨论手儿奈到底该和哪一方交往？”

“就算讨论之后决定了要和哪一方交往，那么不交往的一方又能接受吗？小竹田，比方说，你能接受吗？”

“不能。要不，不是为了讨论，而是要我们打一架，谁打赢了就和谁交往？”我说。

“手儿奈喜欢强壮的男人吗？好像不是那样的吧？”

“……要不然，她还是一个都不喜欢？”我惴惴不安地说，“她不是喜欢上别的男人了吧？”

“啊，没有的事不能乱说。你见到过她和别的男人约会吗？”

……

……

……

就这样，两个人的对话一直都在这样的话题里绕来绕去。

“喂，血沼，”我突然想起来了，“你刚刚说，手儿奈今天会给我们两个当面回答的。”

“是啊。”

“可是我没听你说几点钟给我们回答啊？”

“什么……啊啊啊！！”你大叫起来，“只有五分钟了！”

“什么？！在哪里？！”

“地铁站的月台。”

“奇怪的地方。”

我们两个人对望了一眼，几乎同时拔腿向车站跑去。

我们到达车站的时间还是比约定的晚了很多。

到达的时候，车站外面黑压压的都是人。我停下脚步，还没弄清发生了什么事情，你就突然大叫起来，往车站闸机口冲过去。车站工作人员试图拦住你，于是你就一边哭着一边举起拳头打他，直到被里面的警官控制住为止。

我急忙赶过去，向旁边的另一个警官问道：“对不起，这里发生了什么事情吗？”

“嗯，有一起突发的人员伤亡事故。事故处理期间禁止无关人员进入。”

“不！！！”你听到警官的回答，又一次大叫起来。

“啊……是，是女性吗？”我尽最大的努力控制住自己，尽可能冷静地问。

“是。”

“是大学生？”

警官用疑惑的眼神看着我。

“你怎么知道？”

“因为我们两个人，”我指了指近乎发狂的你，“今天和一个女性朋友约好要在这里见面……”

我不知道是不是你的歇斯底里让警官们相信了我们是受害者的亲密朋友。总之起先警官还因为不能确认我们的身份而禁止我们进入，可最后还是放我们进去了。

手儿奈已经没有一副完整的身体了。

我再也控制不住自己，不顾警官的阻拦，死命扑过去趴在残缺的手儿奈的躯体上痛哭起来。你就在我旁边一起号啕大哭。我们两个人的衣服都被手儿奈的鲜血染红了。

突然之间，你抱起了手儿奈残缺的身体，疯狂地向月台外面跑去。你的这个举动让在场的所有人都大吃一惊，一时之间连警官们都怔住了，隔了一会儿才有人反应过来，然后大家纷纷追了出去。抓住你的时候，你已经快要跑到出站闸机口了。而且即使好几个人抓着你，也很难把手儿奈的身体从你手上夺下来。

“手儿奈！……手儿奈！”你一边哭，一边不停地吻着满是血迹的残缺肢体——现在回想起来，那的确是一幅怪异的场景。但是在当时，至少我自己并不觉得这其中有什么怪异的地方，因为我也是同样把自己的脸贴在手儿奈的一条腿上，真心希望这样的做法能让她复活。

然而手儿奈已经不可能复活了。

根据目击者的描述，手儿奈一直都恍恍惚惚地走在月台边上，连地铁开过来的时候也没有注意到，结果被地铁带起的气流卷着落到了铁轨里。另一方面，警方并没有发现遗书之类的东西，而且手儿奈原本就是约好了要在这里和我们见面的，所以警方认为基本上可以排除自杀的可能性，于是将之定性为一起事故。但这只是由于缺乏有力的证据而不得不做出的判断罢了。事实到底是什么样子，大家都不知道。

为手儿奈举行葬礼的时候，她的父母都像是失去了理智。不过后来据我的朋友们说，当时你我两个人才更像失去了理智。我们不知道到底在想什么，居然试图抢出手儿奈的棺材逃出去——然而我却完全不记得有这回事了……

葬礼之后的一个多月里，我的生活仿佛失去了所有的目标，每一天都在浑浑噩噩的状态中度过。说实话，我就仿佛没有经历过那段时间一样，记忆中没有留下一点儿印象，只记得自己每天都像在梦里似的，在路边的椅子上呆坐，在公园的垃圾箱里翻找，在空荡荡的地铁站里睡觉，即使偶尔回到宿舍里，我的一举一动也完全像个呆子一样。

然而，终于有一天，我重新找回了自己。我不知道那是怎么发生的，我只是突然看见自己被埋在宿舍里堆积如山的垃圾当中，几乎连转个身都非常困难。我自己当时还紧抱着一个塑料瓶，像是抱着无比重要的东西。瓶子里装着淡黄色的液体，我打开来闻了一闻，一股骚臭扑面而来——

居然是我自己的尿。我差不多要呕吐出来，赶快跑到卫生间里去把尿液倒掉。

从卫生间出来，我看着像垃圾场一样的宿舍，奇怪自己为什么会弄成这个样子，然后我就想起了手儿奈的事情，于是又开始哭了起来。我哭着哭着，突然之间又想起了你。我不知道连我都成了这副样子，你会做出什么更加不可理喻的事情，于是我就穿着满是血迹和污泥的衣服，急匆匆地向你住的公寓跑去。

你的房间没有上锁。

“血沼！”我一边喊着一边冲进你的房间。

房间里并不像我想象的那样乱得不成样子，不过也并不是说井井有条，而是像一般男生宿舍常见的那种混乱罢了。我在房间里没有看见你的身影，只是听到从浴室里传来阵阵的水声。

我走过去，打开了浴室的门。

在扑面而来的恶臭中，我看见你躺在浴缸里，浴缸里黑漆漆的水直没过你的腰。

“血沼！”我抓住你的肩膀摇晃着，“还活着吗？认识我吗？我是小竹田啊！”

你脸上是一副呆滞的表情，过了半晌，你才渐渐意识到我的存在，显出惊讶的样子。

“是小竹田？！你怎么……怎么穿成这个样子？”你一

边问着，一边从浴缸里站起来。

“我们两个人一直都在梦里啊！”

“梦？”你低下头，像是在思考着什么问题，“啊，对了，原来是梦啊。原来那些事情全都是做梦啊！”

你的脸上露出了幸福甜蜜的表情。

“不是，那些事情不是梦！”

“什么，不是梦？！”你突然大叫起来，又一次滑到浴缸里。

“够了！”我也大叫着，“你不能再这样子了。人生不是才刚刚开始吗？”

“刚开始？哪里是刚开始？我的人生已经结束了！手儿奈就是我的人生啊！”你突然抬起头瞪着我，眼睛里有让我不寒而栗的光芒。“是你！都是因为你！”

“你在说什么？”

“是你把手儿奈夹在我们两个中间！就是因为这个她才会自杀的！”

“不是自杀，是事故！”

“都一样。让手儿奈精神恍惚，以至于从月台上摔下去的不就是你吗！”

“为什么指责我？你不是一样有罪吗？”

“为什么要把我的手儿奈夺走？”你紧紧抓住我的手腕，几乎连血管都被你掐住了。

“手儿奈原本就是我的恋人，”我试图甩开你的手，“夺走她的人是你。”

“是你抛弃了手儿奈！为什么，你为什么抛弃她？你要是没有抛弃她，她就不会和我交往，那她现在还会活着！”

“……别说了！”我无法回应你的这种指责。确实，手儿奈是因为我抛弃她才会死的。我一直都知道这一点，但一直都不敢面对这一点。“别说了，求求你别说了。是我不对，请原谅我……”

“不能原谅。这是你欠我的债，很大的债。”你忽然平静下来，微笑着说，“这份债，要用你的一生来偿还。”

你突如其来的平静比刚刚的疯狂更让我感到恐惧。但是反过来说，这样的恐惧也激发了我自己的狂性。

“好，你说吧，我要怎么做才能偿还你？”

你放开了我的手，抱起胳膊，一动不动地坐在浴缸里。你的眼光并没有看着我，而是凝视着浴室半空中虚无的一点。你就那样子一直呆坐着，一坐就坐了一个钟头。你动也不动一下，我以为你又陷入哀莫大于心死的状态了。

“和我一起去参加医学部的入学考试。”

我怔了一下，没有明白你的意思。

“医学部的考试难度很大，”你没理会我，自顾自地往下说，“我没有把握肯定自己一定能通过。但如果两个人一起参加，至少成功的可能性总比一个人来得大。下一次考试的时间太紧了，没办法做足够的准备，不过下下次、再下下次的考试说不定就可以准备好参加了。”

参加医学部的考试和手儿奈有什么关系？我不明白。我猜那只是你头脑中妄想的一种表现吧，但我还是按照你的要求，开始着手准备参加考试。无论如何，对我自己来说，失去了手儿奈，也等于我的人生失去了目标，从现在起，以后究竟要做什么，我自己反正也没有心情去决定——既然自己无法决定，那就让你替我决定好了。

突击学习非常辛苦。不过我本来就是抱着一种赎罪的心态参加学习的，所以并不在意那些辛苦，反而以一种近乎自残的方式学习着。

然后就是考试。

考试的结果，我通过了。而你没有。

你又来到了我的宿舍。

“计划不得不做些改变了。我留在学校里继续做我的研究，你一个人在医学部研究如何拯救手儿奈。”

我的泪水涌上双眼，只能尽力强忍着不让它流出来。

“血沼，太晚了。到现在这个时候，不管什么样的医学手段都无法拯救手儿奈了。”

你猛地冲上来，一拳把我打得飞了出去。我慢慢从地上爬起来，重新走回到你面前。

“现在这个时候还不晚！”你的鼻子里淌出两条血痕，我不知道那是不是你极度愤怒的缘故。“本来就是你的原因才导致了这一切，你有什么资格说什么太晚了？”

“是的。可是，要让手儿奈的灵魂安息，这已经不是医学能够解决的事了。”

“我说的是拯救手儿奈，不是说让她的灵魂安息！”

你从口袋里拿出一个灰黑色的塑料袋，袋口紧紧地捆着，防止里面半液体状的东西流出来。

“拿着。”

“这是什么？”我刚一问出口就明白了。

“是手儿奈。如果医学十分发达的话，就能把她救活。”

我抬起头，凝视着你。

“血沼，你好好听着：手儿奈已经死了。”

“还不一定。你在医学部研究的时候，说不定可以找到救活她的方法。”

“死了的人不会再活过来。更何况，手儿奈的大部分都已经烧成灰了。”

“手儿奈就在这里。就算手儿奈的大部分都已经成灰了，这里仍然是手儿奈。”

“这个不是手儿奈。”

“不，就是手儿奈，”你说，“我一直都记得自己是怎么把她救出来的。”

我知道自己无法说服你。你已经疯了。要让你理解这块腐烂的肉不是手儿奈，那是比登天还难的事情。然而很诡异的是，在你疯狂的坚持下，我竟然也开始把这肉块当作手儿奈了。

是的，因为这肉块里有手儿奈的遗传基因。

我知道可以根据遗传基因来确定一个人的真实身份。所以在理论上，只要有遗传基因，就应该可以将手儿奈复原出来。这就是所谓的人体克隆技术。虽然直到今天，世界上也都还没有任何有关人体克隆的报告，但至少在理论上这种事情并不是不可能的。之所以至今都没有这方面的成功报道，很大程度上也许只是因为无法解决伦理道德方面的问题。如果真是这样，那还是有希望的。

你握住了我的手。血从你的鼻子里滴到我们握着的手上。你没有理会。我也没有去擦它。

“拜托你了。我也要继续努力。”

“你？”

“是。我有我的考虑。”你仿佛想说什么，但最后只是说，“如果你失败了，那就只有我能拯救手儿奈了。”

你离开了我的宿舍。

随着在医学部学习的不断深入，我也渐渐恢复了理智。我终于意识到，克隆手儿奈是一件完全没有意义的事情。

从最理想的角度说，即使克隆成功了，那也不会是原来的手儿奈了。我所克隆出来的，仅仅是具有相同基因的陌生人而已。一个人之所以成为一个特定的人，并非单纯是由遗传基因决定的。明显的例子是：同卵双胞胎就具有完全相同的基因，但仍旧具有完全不同的人格。所以即使真的创造出和手儿奈一模一样的婴儿又能怎么样呢？就算那个孩子是用手儿奈的细胞培养出来的又能怎么样呢？无论如何，对她而言那应该是一个全新的人生了，你或者我，又有什么权利去规定她的人生呢？

我把手儿奈的残片扔掉了。

三十年过去了。

这时候的我已经当上了医学部的教授。至于你——从三十年前的那一次见面之后，我就再也没有见过你，只是听到传闻说，你参加了博士课程的进修，但最后并没有获得博士学位。据说，你在做毕业设计的时候丝毫不理会导师的指导，完全按照自己的想法搞研究做实验，所以最终被学校除名。在那之后，我便再也没有听到过关于你的任何消息。

然而突然有一天，你到大学里来找我了。

“很久不见了，小竹田。”你看上去老了许多，比实际的年龄还要老上十岁的样子，“手儿奈治好了吗？”

我的心里咯噔了一下。难道你这三十年一直都是在妄想中度过的吗？

你从脏得已经看不出本来颜色的大衣口袋里拿出了手儿奈的照片。照片已经发黑了，可你看着照片，脸上还是露出了幸福的笑容。

“啊，那个……”我不知道说什么好。

“还没有成功吗？果然如此……没关系，本来就不是很容易的事。何况你还要先做好自己的工作。”你坐到教授办公室的沙发上，“你好像已经当上教授了。”

“运气好罢了。”

“是吗？不错啊……我的运气就太差了，到今天连吃饭的地方都没有着落，住的地方也没有啊。那个，你，结婚了吧？”

“唔唔，二十年前就结婚了。有两个孩子。”

你突然站起来，伸手抓住了我的胸口。

“你果然就是这么个家伙！就算是为手儿奈，也要先考虑自己的事情……算了，这样也不错，”你放开手坐了回去，“这样的话，你也能专心做研究了。那么，研究的结果呢？很难取得进展？”

我向你说明了研究中止的情况，也向你解释了我中止研究的原因。当然，我是带着忐忑不安的心情说明的。我不知道一直陷于妄想之中的你会不会被我的分析说服。

“原来如此，”出乎我的意料，你居然一点都没有发怒，反而笑嘻嘻地说，“我本来也没有抱什么希望。”

我露出惊讶的表情看着你，你忍不住笑起来。

“那显然不是医学能够处理的事情。从一开始我就没有对你存有期望……啊，你先别生气。”你看着我目瞪口呆的样子，“通过医学手段拯救手儿奈，存在着好几个问题。首先，手儿奈的残片里能不能取出她的有活性的遗传基因，能不能用这个遗传基因克隆出一个新的手儿奈，这就是有疑问的。因为残片里的细胞已经死亡很久了，虽然我自己不肯承认，但我也知道它里面十有八九无法得到有活性的遗传基因。另一方面，就算肉体克隆成功了，我们也还面临一个如何克隆手儿奈的意识的问题。毕竟对于一个人来说，最重要的不是她的肉体，而是她的精神意识。而关于这个克隆意识的问题，实际上首先就是要搞清楚人类的记忆到底保存在什么地方。如果是保存在灵魂里，那么就不得不去捕捉人类的灵魂；如果保存在大脑当中，那么就不得不去复原所有神经细胞的状态……无论如何，要想做到这些，几乎根本就是不可能的事情。”

说到这里，你停下来沉默了一会儿，然后才接下去说：“但是还不到彻底绝望的时候。医学方法不行，不代表别的方法不行。如果我的理论正确，那还是有希望的……小竹田，你能帮我一个忙吗？”

“帮什么忙？”

“你这所大学的附属医院里有神经科吗？”

“有。”

“那么，我想看看患者的病历。”

“什么！”我禁不住提高了嗓门，“你疯了！这是犯法的！”

“别大惊小怪的。我又不是要看患者的名字或者长相，只是想看看患者的症状和大脑内部状态的相关记录罢了。”

“我的专业既不是神经科，也不是脑外科。你的要求我做不到。”

“我不需要全体患者的资料。合适的话，只要一两个人的信息就够了。我想要的只是那种患有时间知觉障碍的患者的资料。”

“时间知觉障碍？”

“对。你和我都具有正常的时间感知能力。昨天之后是今天，今天之后是明天，诸如此类。之所以会有这种感觉，应该是由大脑来判断完成的。但是有些人不具备这样的能力。他们可能会把今天同前天直接联系在一起，也可能会认为今天之后就是后天，于是他们就会无法预测昨天还没有发生的事情，或者经常会想起明天曾经发生过的事情。”

“啊，我明白了，你说的是精神分裂症当中的一种。照你描述的症状看起来，应该是记忆障碍或者是妄想症什么的。”

“为什么说是妄想症？”

“因为没人能回到过去，也没人能跳到未来。而且，在患者头脑中想象出来的那些‘明天曾经发生的事情’，实际上到了第二天也并没有发生。所以那些当然就是妄想了。”

“你确定？那些患者的记忆和未来实际发生的事情从来都不相符合？”

“嗯……那倒也不是。不过即便发生过这样的事，也是极偶然极偶然的，完全可以用极小概率事件来解释。”

“妙极了！”你开心地大叫起来，“不然我可就真的绝望了。如果这些人对于未来的记忆一直都和现实一致的话，我就真的不知道还有什么办法了……现在还是有希望的……小竹田，什么时候能拿到患者资料？”

“这个我可说不准。我去问问神经科的朋友，看看能不能拿到那种资料。”

“无论如何要拿到，不然就麻烦了。那么，我过一个星期再来，到时候期待你的好消息。”

“喂，等等。你有住的地方吗？不行的话可以住在我家……”

“车站候车室也能睡觉。”

你又像来的时候那样漫无目的地晃了出去。

也许我应该完全无视你的请求才对。

可是不知道究竟出于什么心理，我最后还是去找了神经科的朋友。也许在我的潜意识里，也还在为手儿奈的死内疚吧。手儿奈的死有我的原因在内，而她的死又导致了你数十年的混沌生活。我虽然无法补偿她或者你，但是为实现你的愿望尽一点自己的力量——尽管我认为你的愿望不过是妄想而已——至少可以给我自己带来一点点心灵上的安慰，即使自己也知道那只不过是我虚伪的安慰而已。

患者的资料全都搜集在一张光盘里。一部分是基于照X光而得到的大脑内部结构图，另一部分则是脑电波的数据记录。

“多谢了。不过，还有一件事情要请你帮忙，”你把光盘接过去的时候说，“我需要一些设备来分析这些数据，所以要借你研究室的电脑用用。另外，晚上我能不能直接睡在你的研究室里？我自己带了睡袋，只要占用研究室的一个角落就可以了。”

“电脑的事情没问题，不过睡觉你完全可以睡在我家里。”

“这就不用了。我倒不是怕打扰你，只是不想把时间浪费在从你家到研究室的这段路上。”

从那一天开始，你就在研究室里住下了。每天你都忙着分析患者的资料，对学生们好奇的目光视若无睹。我也不敢说出真实情况，遇到有学生问的时候就胡乱编些理由搪塞过去。这样过了大约一个月，忽然有一天，你飞奔着向教室跑来。

“可以了！小竹田，我弄明白了！能把手儿奈救活了！”

到底什么时候才能结束啊？我这么想着。

“你跑慢一点儿，当心摔着。你弄明白什么了？”

“等一下跟你仔细说，现在你先帮我一个忙。”

“又要帮什么忙了？”

“我想要用立体定向放射治疗仪。”

“什么啊！你这是得寸进尺啦！虽然我是教授，可你也要知道，有些事情我能办到，有些事情我办不到啊。”

“你应该能办到啦。只要让我用，我就能救回手儿奈了。”

“如果救不回来呢？”

“绝对能救回来！”

“万一呢？啊，就算失败的可能性是一亿分之一呢？你为什么那么肯定一定能救回来？”

“到时候你就知道了。反正这是绝对、绝对可以实现的！”

我在想，该怎么做才能把你从妄想的世界中拉出来呢？你已经沉迷了那么久，单靠语言能把你说服吗？显然不可能。那么，就满足你的请求，让你自己最终明白自己的设想有多么疯狂，怎么样？退一步说，如果你真的成功了，不也是真的拯救了手儿奈了吗？但是另一方面，你的要求并不是那么容易可以做到的，我必须编造一些理由，如果这些理由被揭穿，我就会丢掉我现有的职务。这样说来，假如你的设想根本就是错的，我值得冒这么大的风险吗？

啊，不，我怎么能那么想？这三十年来，手儿奈的死一直都像一块沉甸甸的铅块一样压在我的心上，如果有任何事情能让这种罪恶感减轻一点的话，即使明知道那是不可能成功的，又有什么值得不值得的呢？

我编造了一个借口，从院方得到了立体定向放射治疗仪的使用许可。

你认为，为了尽量不引起别人的注意，应当在深夜里使用这一装置。我当然同意这一点。

“现在，你该告诉我你到底要拿这个装置干什么了吧？”在治疗仪的控制室里，我对你说。

立体定向放射治疗仪——这是一种用来治疗癌症的装置。一般来说，当癌症发展到无法使用手术治疗，或者由于癌症本身的性质无法手术的时候，就要用这种装置了。它的原理是把高能粒子射线分成若干束，从人体的不同角度照射进去，这些分散的射线会在人体内的某个点上交叉，于是这一点上就会承受极高的放射剂量，从而达到杀死这一点上的癌细胞的效果；而对于正常的人体组织来说，它们承受的都是极小的放射剂量，所以几乎不会受到任何影响。当然，确定射线交叉点是一件精度要求非常高的工作，所以这种治疗仪都是使用电脑控制的。

“嗯，当然是为了逆转时间啊。”

你果然这么说了。从上一次你说到时间知觉的时候开始，我就猜到你的目的了。

"干吗用那种眼神看我？"你从鼻子里重重哼了一声，"你以为我疯了？你以为我是在信口胡说？"你忽然咯咯地笑了起来，"算了吧，我不是今天才被人看成疯子，早在三十年前就被人这么看了。但是不要以为我真的疯了。这三十年来，我的任何一项举动都有着我自己的理由。唔，我知道，你认为我是受不了手儿奈的死，所以发狂了……可惜你还是想错了。这样吧，还是让我从头开始解释给你听。

"手儿奈发生事故之后，我一直在考虑，是否真的没有办法能将她救活。接下来，我就想到了两种方法，一种就是拜托你去研究的从细胞中提取DNA进行克隆的方法；还有一种就是逆转时间，回到过去的方法。当然，我当时也知道，不管哪一种方法都是脱离现实的，可是换一个角度想，哪里存在比这两种更加接近现实的方法呢？显然没有。所以还是只有这两种方法可行一些。

"说实话，一开始我觉得克隆的希望更大，可是由于没能通过医学部的入学考试，所以只好拜托你去研究。不过从另一方面说，我也想到，与其两个人都研究同一种方法，不如各自寻找各自的途径，这样才更有可能成功。所以我就开始了时间方向的研究。

"我调查了物理学当中许许多多的领域。当时我的想法是，首先要研究那些禁止时间逆行的物理法则，然后设法构造出那些法则适用范围之外的条件，这样就有可能实现时间的逆行了。

“于是我就开始了我的调查——相对论、量子力学、电磁学、热学、混沌学，诸如此类。可出乎我意料的是，不管在哪一个领域，我都没有发现禁止时间逆行的物理法则——换句话说，在我们今天所知道的所有物理学当中，没有任何禁止时间逆行的理由存在。

“不管哪一种物理理论或者物理法则，基本上都是以一组方程式的形式表现出来。当然，描述静态现象的方程组一般具有三个参数，分别用来表示空间中的三个位置；而动态方程组则会多包含一个表示时间的参数 t。奇妙的是，无论是哪一组方程式，对于 t 的方向都没有要求。t 沿着正方向变化也好，沿着负方向变化也好，方程式都是成立的。这实际上就是说，从物理学的意义上看，时间逆行并不是不可能发生的事情。可如果真是这样的话，为什么在现实当中我们从来都没有遇到过时间逆行的事情呢？这究竟是为什么呢？”

“这原因不是很简单吗？”我一边尽力回想着几十年前学习的那些物理学知识，一边回答说，“物理法则并不一定都表现成方程式的形式。比如说因果律——‘原因必在结果之前’的法则就没有对应的方程式。”

“很好，你提出了因果律——但因果律是确实可信的物理法则吗？仔细想想就会发现，所谓‘原因’、‘结果’之类的说法，其实是相当暧昧的概念。‘这个是原因，那个是结果’，其实都是基于人类的理性而做出的判断，而不是客观存在的、可以被仪器测定的规律。实际上，‘原因必在结果之前’的说法，和‘时间不可能逆行’的说法在本质上是一致的，你假定其中一种说法正确，然后以此来证明另一种说法的正确性，这岂不是在循环论证吗？说到底，你所说的仍旧是基于你日常生活的经验。但是对于我而言，我认为，这种日常生活的经验并不足以证明因果律的物理实在性。”

“好吧，你不承认因果律也没关系，至少你要承认热力学第二定律吧？那不也是包含了时间方向性的物理学法则吗？”

“就是所谓‘熵总是随时间而增加’的理论？我知道这个理论，它的意思不就是指事物总是向着更加混乱的方向变化吗？可是这一说法足够严密吗？无论在何种情况下，熵都是向着更加混乱的方向变化吗？确实，建筑会毁坏，杯子会碎裂，木桩会腐烂，钉子会锈蚀。但生物体呢？不断向更加高等的方向进化，这也能说是混乱吗？还有人类的文明呢，这也是在向混乱的方向变化吗？”

“你所看的范围太小了，如果放到全宇宙的范围来看，你的问题就不成为问题了。你要注意到，太阳是在不断散发能量的，正是利用了这些能量，地球上的生物体才能向着熵减少的方向进化。如果你把地球连同整个太阳系作为一个整体来考虑，你就会发现它们确实还在向着混乱的方向演化。”

“你这终究只是一种悲观的论调罢了。对我来说，热力学第二定律仍旧是一种相当暧昧的说法。它到底有什么意义呢？‘熵总是随时间而增加’，这一定律本身就已经使用了‘时间’这一词汇来进行表述，换句话说，热力学第二定律首先假定，宇宙中的某些因素决定了时间的方向性——可是，这种决定因素到底是什么？”

“我对物理学不是很了解，”我努力回想着学过的所有科学知识，“不是说，宇宙一直都在膨胀吗？越到未来，宇宙的体积就会越大，差不多就是类似这样的答案吧。”

“唔，我猜你就会这么说，可这个解释和熵增加的说法又有什么本质区别吗？照你的解释，宇宙的膨胀也好，熵的增加也罢，如果确实能够观测到这些现象，就可以决定时间的流动方向；那么，如果观测不到这些现象，是不是说时间就没有流动性了？小竹田，你认为呢？假设我们闭上眼睛，这是不是就相当于我们观测不到外界的情况了？那么在这种情况下，我们能说时间也停止流动了吗？”

“呀，当然不能这么说。就算闭上眼睛，还是能感觉到时间的流动，因为我们的头脑里还能意识到时间的流动啊。”

“说得对！说得太对了！”你兴奋得差不多要跳起来了，

“时间的流动和意识的流动根本就是一回事！是人类的意识构造出了时间的流动性！”

“不是那回事吧。虽然说人类的意识可以感觉到时间的流动，可那也不是你说的意思吧。”

“那好，你说说为什么意识可以感觉到时间的流动？”

“这应该是和记忆本身的特性有关。人们记得过去的事情，记不得未来的事情，这没什么可奇怪的吧？也就是说，记忆就是和记录相同的东西。不单单是我们的意识具有记录的能力，还有像磁带、光盘，甚至纸张等等都有记录的能力。它们都可以记录过去的事情，都不能记录未来的事情：这些东西和我们的意识都具有相同的性质。你前面说，意识决定了时间的方向，照你的逻辑推下来，岂不也可以说是纸和铅笔决定了时间的方向吗？”

“你知道‘薛定谔的猫’吗？”你突然没头没尾地问了我一句。

“唔，知道一些。”我记得那是一个比较复杂的理论，于是仔细想了想，回答说，“那好像是用来责难量子力学当中的某个解释——好像是叫‘哥本哈根诠释’的思想实验。具体大概是这样的吧：假设有一个密闭的箱子，箱子里有一只猫和一个放射性粒子。粒子的半衰期为一个小时。也就是说，在一个小时以内，这个粒子发出放射线的概率恰好是百分之五十。此外，箱子里还有一个监测放射线的装置，一旦监测到放射线，就会放出毒气来把猫杀死。在一个小时之后，把箱子的盖子打开，看见死猫的可能性有百分之五十，看见活猫的可能性也有百分之五十。但不管是哪一种状态，至少在打开箱子之前就已经决定下来了——然而有些物理学家却不这么看。他们认为，在打开箱子之前，箱子里既有活着的猫，也有死了的猫，只是这两者都处于一种‘非实在化’的状态，一直要到有人打开箱子的那一瞬间，其中一种状态才会被实在化，而另一种状态则会完全消失。”

“说得不错。这其实就是理解世界的一种方法。密闭的箱子里既没有活着的猫，也没有死了的猫。猫究竟是死是活，必须得等到有人来把箱子打开，对猫的状态做出观察的那一瞬间才会确定下来。”

“嗯，但是这种考虑方法存在缺陷吧。要想确认猫的状态其实很简单嘛，我可以不打开箱子，只要摇一摇就行了。如果猫活着，它就会叫的。”

“摇箱子也是一种观察方式。在摇箱子的一瞬间里，活的猫和死的猫也就被实在化了。”

“用超声波扫描呢？”

“一回事。扫描的一瞬间就决定了猫的生死。”

“你既然这么说，那我问你，像婴儿的性别，也是在出生的一瞬间决定的吗？在此之前，孕妇怀着的既是非实在化的男性婴儿，也是非实在化的女性婴儿？”

“不错。不过，因为出生前都会使用超声波诊断婴儿的性别，所以实际上在诊断的时候性别就已经确定下来了。此外，像录像带的内容也可以说是在播放的一瞬间才确定；还有书信，在拆封之前它的内容也是不确定的。”

“接电话的时候呢？谁打来的电话也不能确定？”

“当然，那也是在接电话的一瞬间确定下来的。总而言之，所有的记录都并非是真实确定的记录，如果没有经过意识的观察，那么记录就不会实在化。从这个角度上说，我们所认为的记录其实只不过是我们意识的延伸而已。

“再举个例子，比如说月球。在人类踏上它的表面之前，那里既是非实在化的荒凉的无生命的世界，也是非实在化的充满了生命气息的世界。但随着人类的勘查，如今只有一个死寂的世界被实在化了，生命的世界也就随之归于寂灭——说到底，我们并不是在观察一直存续着的现象，而是我们的观察导致了现象的实在化。”

“唔，你的想法倒是很有趣。但这种想法与其说是科学，倒不如说是哲学，因为它根本都是无法用实验证明的。”

“不是我的想法有趣，而是量子力学本身就这么有趣。按照量子力学的观点，在静态的层面上，所有的物质都是由质子、中子、电子之类的粒子构成的。但在动态的层面上，在具体计算粒子运动的时候，量子力学又不把它们看作粒子，而是把它们看作波来进行计算。有趣的是，基于这种看法而得到的计算结果，竟然可以和实验结果吻合得相当好，而且无论是对粒子本身性质的预测，还是对粒子运动方式的预测，都得到了大量实验结果的证实，所以人们也逐渐倾向于接受这一看法。在这一基础上，又有一些物理学家提出了更加古怪的理论，他们认为粒子在没有接受任何观察的情况下都以波的形式存在，只有在其接受观察的时候，才会以粒子的形式表现出来。

“值得注意的是，这个理论虽然说的是微观粒子，但却很容易推广到宏观层面。‘薛定谔的猫’就是推广的一种方式。箱子里作为宏观存在的猫，它的状态受到微观粒子状态的影响，于是在人们做出观察的一瞬间，猫的生死状态也就随之确定了。”

“你说的这些东西都不能算是物理的范畴了。”

“但这确实是物理过程，物理学家们还专门给这个过程起了一个名字，称之为‘波函数坍缩’，而且这个过程是不可逆转的，即使停止观察也不会返回到初始状态。对薛定谔的猫来说，如果打开箱子的时候猫已经死了，那么关上箱子之后猫也不会再活过来——但是，这和时间完全没有关系。并不是时间的方向决定了死亡的不可逆转，而是意识的介入导致了这一情况。你知道这意味着什么吗？”

我不明白，于是只是看着你，没有说话。

“这意味着，时间的流变就等于意识的流变！如果我们能够控制意识的流变，那么就可以控制时间的流变了！”

“根本就是妄想。”

“认为时间有方向的想法才是妄想。”你轻轻笑了起来，“这么说吧……呐，我问你，你我为什么要头朝上脚朝下站着？”

“……因为有重力呗。”

“不错。因为有重力，而且我们的大脑也感觉到有重力，所以才会保持我们身体的直立。当然，只要自己愿意，倒立也是可以的。时间也是一样。我们的大脑一定是感觉到了什么东西——也许是宇宙的膨胀，或者是熵的增加，又或者是粒子的衰变，反正总有什么东西被感觉到了——然后大脑才会将意识的方向——实际上也就是时间的方向——同这种未知的东西保持一致。但是现在，我想要把这个方向逆转过来，就像我打算倒立一样。”

“好吧，”我明白自己的物理学知识不足以找到你理论中的漏洞，“你说的意思我明白了，但这和立体定向放射治疗仪有什么关系？”

“你和我之所以能够保持身体直立，是因为大脑能够感知重力；而这个感知重力的器官其实就是隐藏在你我耳朵里的半规管。如果破坏了半规管，人就不能感知上下方向，也就无法保持身体的平衡了。同样的道理，我们之所以能够保持时间的流变方向，也是由于我们大脑中的某个器官能够感知到某些东西。假如把这个器官找出来破坏掉，我们也就可以不必再和时间的流变方向保持一致了。”

“这么说，你要患者的资料就是为了……”

“不错。我推测，时间知觉障碍症应该就是由于大脑中的时间感知器官损坏而导致的。如果在患者的大脑扫描信息中，能找到某些共通的不正常的部分，那么这些部分差不多可以肯定就是感知时间的器官了——而且，我也确实找到了这些部分，那是大脑当中的一个很小的区域，只有几公分大小，要想在不伤到其他部分的情况下破坏这个部分，非要利用立体定向放射治疗仪不可。”

“你不是要真的破坏自己的大脑吧？”

“准确地说，我只是要破坏大脑中特定的部分罢了。这样的话，我就可以从时间的流变中解放出来了。”

“可是你能保证这么做没问题吗？无论如何，你是在对大脑动手术啊。”

“只要没有损伤到其他部分就不会有问题。”

“可是你调查的那些患者都有各种各样不正常的地方，你怎么知道自己不会变得和他们一样不正常呢？”

“那是因为他们的大脑当中受损的不仅仅是时间感知的部分，在那部分附近的区域也受到了不同程度的损伤，所以他们才会表现出各种各样的精神障碍；如果只破坏时间感知区域的话，是不会有问题的。”你有些不耐烦地说，“浪费时间争论这种问题根本毫无意义，你还是赶快教我怎么操作这台设备吧。”

尽管我很清楚，你设想的这个可怕计划根本就不该实行，可我就好像是被你催眠了一样，居然就按着你的要求开始向你讲解了。不过，从另一方面来说，我也并非是在完全听你的摆布。当时我心中所想的是，现在我还说服不了你，但是等到适当的时候——比如说你不得不依靠我帮忙的时候——我再来说服你放弃这个计划也不迟。

“这个设备的使用方法很简单。只要将患者的头部固定好，送入处理室，关上门，然后在这个控制面板上选择‘X光扫描’，再点击‘开始’就可以了。”

我用鼠标点了一下屏幕上的“X光扫描”按钮，一条错误信息弹了出来。

“处理室内无患者，本操作无法执行。点击‘确认’按钮切换到演示界面。”

我点了“确认”，屏幕上显示出模拟的大脑内部结构。图像根据双眼的视差进行了立体化处理，同时也可以很方便地进行横切处理和透视处理。

“厉害啊！”你赞叹了一声，“要是我做学生的时候就有这种系统，肯定会认真努力去研究这个方向……画面的操作方法我大概还知道一点，让我自己试试看吧。”

你接过鼠标开始自己操作。看起来，你好像对操作电脑很熟悉，我看见你熟练地把光标移动到大脑的图像上，对它双击鼠标之后，大脑图像被放大显示了出来。

“怎么输入要治疗的部位？”你问道。

“一般情况下，程序在扫描患者的大脑之后，都会自动定位若干个可能发生了病变的部位，我们要做的就是从这几个部位当中选择真正发生了病变的部位就可以了。”

“不能手动操作吗？”

“你等等，我找找看。”我点开帮助菜单，“手动输入的方法有两种，一种是输入坐标位置，另一种是用鼠标直接在大脑图像上点击。看起来应该是鼠标操作比较简单……在治疗区域的表面用鼠标确定若干标记点，然后系统就会自动把这些点用一条平滑曲线连接起来，围出一块区域。如果这个区域不符合要求，还可以继续标记更多的点，点数越多，区域就会越精确。”

你按着我的解释用鼠标在图像上点选出一块区域，然后这块区域被显示成了绿色。接着你按下了“开始治疗”的按钮，一条确认信息弹了出来。你再点了一下确认信息上的“YES”按钮，却又弹出一个新的窗口，要求你输入操作者的ID。

“这是什么？”

“安全措施。确保一定是具备资格的操作者才能够操作这样的设备。”

“你有资格吗？”

“唔，申请使用权的时候一起给我了。”我报出一串数字。

你照着我说的把ID输入进去。然后是最后的确认信息。YES。可以看到处理室里有一道红光闪烁了一下，画面上弹出一条新的信息：“指定的部分已经治疗完毕。要继续治疗其他部分吗？”

你看着屏幕上的提示信息，陷入了沉思。

“怎么了？”我有点奇怪地问。

“小竹田，前面这些操作，能编个程序让它自动执行吗？”

“不可能。这个控制装置是治疗仪专用的，和通常的计算机不兼容，不可能自动执行。”

“那么，处理室里有控制装置吗？”

“怎么可能有呢？难道说要让患者自己给自己治疗吗？根本不会发生这种情况的。”

“现在不就是这样的情况吗？”你微微闭上眼睛，沉吟着说，“要不然，你帮我操作？”

“想都别想。”

“为什么？”

“如果你的理论有错误会怎么样？如果你找到的那个区域是维持生命存续必不可少的关键区域怎么办？就算不是必不可少的关键区域，这也毕竟在是对大脑内部动手术，稍有不慎就会让你变成废人。我虽然不是医生，但至少也知道会有什么严重后果。真要是发生这种事情，不要说你，就连我的下半辈子也跟着完了。如果真是因为我自己的原因倒也罢了，可如果是因为你自己的理论出错，那我的这个责任也担得实在太冤枉了。”

你突然大笑起来。

“原来如此，小竹田，你还留恋着你的人生啊。看起来，你对现在这个没有手儿奈的人生相当满足呢。”你猛然间收住笑容，换作一副严肃的表情，“但我不一样。我一直都牵挂着手儿奈。而且，我从最初就没有真的打算依靠你来解救手儿奈。”

听到你的指责，我不禁重新审视自己刚才的言行。我为什么会说那样的话？那不是很难得的赎罪机会吗？难道我真的是一个自私自利，只知道考虑自己的小人？可是话说回来，手儿奈的死真的有我的责任吗？

你从大衣口袋里把手提电脑和手儿奈的照片一起拿了出来——那件大衣破得几乎都和擦地的抹布没什么区别了。

“我用这个东西代替我进行操作。”

你很熟练地用一根电缆把手提电脑接到控制系统的鼠标键盘输入口上，又用另一根电缆接到监视器的信号输入端，接着就调用了一个不知名的程序。程序运行了一会儿之后，立体定向放射治疗仪的处理室的门便打开了。

“我现在进去把头固定住之后，处理室的门就会自动关上，接下来的一切工作都会由这台电脑为我自动完成。不管我出了什么问题，都和你没有任何一点关系。即使警方传讯你，你也只需要把这台电脑拿给他们看，就可以开脱罪责了。”

“等等，你要是不打麻药……”

“不需要打麻药，大脑内部根本没有感受痛觉的器官。”

你进入处理室几秒钟之后，电脑程序就自动开始运行了。立体定向放射治疗仪的监视器屏幕闪烁起来，上面出现了无数的几何图形，在疯狂地闪烁跳动着。我本来以为立体定向放射治疗仪这样的设备里面应该不会有声音传出来，可实际上里面不但有声音，而且那声音听上去还相当可怕，几乎都不是人间该有的声音。听着那些声音，我的头发都竖了起来，全身的血液都仿佛要凝固了一样，恨不得用指甲把自己脸上的皮肤一条一条撕下来。而且就算拼命捂住耳朵，那声音还是刺入了我的鼓膜，一直刺入我的大脑之中。

我实在忍受不了，放声尖叫起来。

不知道过了多久，那恐怖的声音终于停了下来。然后处理室的门又一次打开，你摇摇晃晃地从里面爬了出来。

“你没事吧？”我差不多也要被那声音弄得神经崩溃了，看见你出来，赶快过去把你扶起来。你身子软绵绵地靠在我的肩膀上。

“没事，我身上哪儿都不痛不痒，也不难受，只是好像休克了一会儿。”

我支持不住你的体重，于是扶着你走到床边上，让你坐了下来。

“奇怪啊？！”你猛然看到了自己的手，把手握成拳头再张开，连着做了几次。“小竹田，你有手表吗？”

你抓住我的手臂拉到自己面前，盯着我手腕上的手表看了半天。

“为什么！为什么没有变化？！”

你站起来，跌跌撞撞地冲到桌子旁边。电脑屏幕上正显示着当前的时间。你呆呆地看着上面的数字，过了一会儿，双手捂住脸，慢慢滑倒在椅子上。

“什么地方弄错了，不应该这样的。”你神经质似的扯着自己的头发，“不行，就算这一次失败了，我还是不能放弃。”

“还是放弃了好，”我安慰着你，“对大脑内部动手术，能够平安结束就足够谢天谢地了。况且你自己对自己的大脑处理过了，现在再想做什么都做不成了。”

确实，你能安然无恙地从处理室里出来，已经很让我惊讶了。从你进去的时候开始，我就一直担心你会死在里面，或者最少也会被变成一个废人。现在看你的身体似乎没有任何不妥，我也稍稍安心了一点。

“你！”你猛然从椅子上站起来，但身子晃了一下，幸好及时扶住了桌子，“你就一直光想着你自己！”

我吃了一惊。你说的这是什么话？难道你就真的不是只考虑你自己吗？

“……算了，你这样也没什么不对。只是目前看起来，我预想的计划确实失败了，我的意识确实没有从时间的流变中解放出来……到底是什么原因呢……对了！”你把汗津津的手掌按在我肩上，“小竹田，你刚才一直在看电脑屏幕，看到什么了？程序是不是正常运行了？”

“……我不知道，”我有些胆怯地说，“我没看电脑屏幕，因为，刚刚的声音实在……”

你突然放开我，转回头去看立体定向放射治疗仪的屏幕，一边看一边自言自语。

“程序里应该有什么地方出现了问题，所以对大脑的处理失败了……早知道还是不应该依靠电脑……可是，我的大脑已经处理过了，而且还是错误的处理……”你忽然抬起头，转身盯住了我的脸，“此刻就是你赎罪的时刻了。”

啊，你终于说出这句可怕的话了。你终于要对我的大脑动手了。为什么我就逃脱不了这样的命运？我知道我应该断然拒绝你。但是最终，从我的口中却说出了完全不同的回答。

“好的。那么就请你操作吧。”

为什么会说出那样的话，至今我自己也没有明白。难道说我当时真的是被你催眠了吗？或者是因为看到你安然无恙，所以我对整件事情的看法也变乐观了吗？呀，说不定在我内心深处，其实是在盼望着能接受这样的处理吧。把我自己的性命交到你的手里，这总可以向你证明我不是一个自私自利的小人了吧？你应该也相信我确实是想洗刷自己对手儿奈犯下的罪责了吧？

我学着前面你的样子，自己躺到了处理室里。刚刚把头用皮带固定好，你的声音就从扬声器里传了出来。

“怎么样？可以开始了吗？”

“开始吧。”

一开始只有凉凉的感觉，然后渐渐变得麻痹起来。麻痹的感觉从我头脑的中心开始向四周扩散，慢慢地扩散到整个头部，然后又向下蔓延到颈部、胸部、腹部、四肢，一直扩散到全身的每一个部位。这种麻痹的感觉像是水面上的巨大涟漪一样，一圈一圈地激荡开来。当每一道涟漪经过的时候，全身的感觉都仿佛被同时调动起来了一样，一层层叠加在一起，冲击着我的神经，最后汇聚成一种无法形容的麻痹感。

我的眼前也闪烁着各种色彩的光芒——不，那些光芒应该是从大脑的后部开始，逐渐向中间扩散的——赤色、橙色、黄色、绿色、青色、蓝色、紫色，还有其他一切人类所能感觉到的光线全都汇聚在一起，构成让人几乎无法忍受的炫目光芒，无边无际地充斥在整个视野之中。而且它们并不是简单地混合成一种颜色，相反，我可以清晰地辨认出其中的每一种光芒。

此外，声音也充斥在我全身的每一个毛孔里。我甚至可以感觉到自己的皮肤也随着那些声音在颤动，而且仿佛那些声音要将我的皮肤撕破，直接从我的身体内激荡出去一样。

还有各种各样的味觉、各种各样的嗅觉、各种各样的触觉、各种各样的内脏感觉、各种各样的情感，全都汇聚在一起，犹如大海的波浪一般，一波一波地冲刷着我全身上下的每一个角落。我无法抵抗也无力抵抗这样的冲击，唯一能做的，只有像是完全没有感觉的木头人一样听任这一切感觉的摆布。

不知道经过了多久，突然之间，那些庞杂纷繁的感觉一下子全都烟消云散了，仿佛我在一瞬间转移到了一处巨大的山谷，四周只剩下无穷的黑暗和无限的寂静。那种感觉就像在艳阳高照的夏天里突然闯进阴暗的房间，又像刚刚参加过摇滚音乐会之后的低声耳语。简而言之，那就像是一种失去了一切感官的感觉一样。

再接着，幻觉出现了。但那不是一般意义上的幻觉。它不仅仅是听觉或者视觉意义上的幻觉，而是包含了所有感觉的幻觉，就好像是我亲身体验着的感觉一样的幻觉。

我是在夏日里捉知了的小学生。在离家很近的小山里，在密密的小树林间，偶尔也有巨大的树木生长着。山上有很多陡峭的断面，断面上露着黄黄的泥土。站在断面的边上往下看，在远远近近的树木间隙里，隐隐约约可以看见我家所在的那条街道。太阳虽然高高地挂在天上，树林里却凉风习习，清爽怡人。我的肩上斜挎着虫笼，从早上开始到现在，捉到的知了差不多已经把笼子给塞满了，可我还是继续不断地去捉知了，不断地把它们往笼子里塞。笼子里的知了连身子都动不了，只能时不时发出一点吱吱声。我毫不理会，继续往里面塞着，直到笼子里发出一种古怪的声音，像是有什么东西碎掉了，笼子也被撑得鼓了起来，知了的体液飞溅出来，沾在我的 T 恤衫上，这时候我才注意到，笼子里有个不是知了的东西。那是一只没有头的麻雀。

我是缩在操场的一角远远躲着那个少女却又用炙热的目光追随她身影的中学生。那个少女胸前校服的飘带飞扬着，牢牢地攫住了我的心灵，让我忘却了其他女生的胸前也有着同样质地、同样颜色、同样形状的飘带。那少女犹如初春绚丽的阳光一样，在操场上轻盈地跳跃着。我从没有和她说过话，是的，连做梦都不敢和她说话。忽然间，那个少女向我这里看过来，那一瞬间我们的目光碰撞到一起。虽然彼此隔着一个操场，但我清楚地知道，我和她的目光相遇了。

然后我终于忍不住低下了头，试图避开她的目光，但我却感觉到她仍然在继续观察着我，她的视线贯穿了我的全身。接着那个少女不疾不徐地向我走来，我想逃，但逃走就等于我承认自己心虚，于是我只能定在原地，不知道如何是好。少女来到我的面前，微笑着问我："你在看我？"我仰起脸，微微颔首。于是少女又问："你喜欢我？"我说不出话，只有轻轻点头。少女说："想和我接吻？"我握紧拳头，再放开。少女说："想和我做爱？"我的身子僵住，动弹不得。少女接着说下去："但是，这些事情都是不可能的。我听不到你的声音，也看不到你的样子——我完全察觉不到你的存在，因为，"少女轻轻指着我，"你是死亡躯体残存的灵魂哟。"

我是天真无邪地吮吸着奶瓶的婴孩。母亲在厨房里洗东西，我一个人睡在摇篮里。有一只老鼠从摇篮下面爬上来，它顺着布袄爬上我的奶瓶，牢牢盯住我的眼睛。"可怜的孩子，"老鼠说，"我是老鼠，如果被人类发现，我就没有活路了，所以我永远都要鬼鬼祟祟地生活。而你是人类的婴儿，自己还不能活动，你的生死此刻就掌握在我的手里。如果我杀了你，你的母亲一定会对我恨之入骨。但即使我不杀你，你的母亲也不会因此而感谢我。所以杀不杀你，对我都既没有好处，也没有损失，那么我杀不杀你呢？瞧，我只有二三十秒的时间做决定，因为你的母亲马上就要回来了。啊，真是可怜的孩子啊。”

我是面临高考，却在深夜里偷听广播的高中生。收音机里一直播放着毫无意义的音乐节目，节目内容大概也只有主持人自己会觉得有趣。怎么就没有一个有趣的节目呢？咦，不对，收音机里的声音怎么变了？是要换节目了吗？“……好了，接下来由我们的听众嘉宾为大家主持。今天我们从来信的听众中选出的嘉宾主持是——小竹田丈夫！”呃？什么意思？我是嘉宾主持？是要打电话给我吗？这么晚了还给我打电话，把家里人吵醒了怎么办？我是不是应该偷偷溜出去，找一个公用电话打给他们？可是，我不记得自己给他们寄过信，他们又怎么会选中我的？难道是朋友搞的恶作剧，冒用了我的名字？“今天是小竹田君第一次来到我们的直播间，那么，我们会听到什么呢？呵呵，肯定是很有趣的东西。”收音机里在说什么啊？我明明在这里，为什么说我在直播间里呢？“现在我们要为小竹田君解释一下——特别是要为那一位正在自己家里收听着节目，却因为突然听到自己正在直播间里主持节目而吓了一跳的小竹田君解释一下。小竹田君，你之所以既在自己家里又在工作室里，原因其实是很简单的——因为坐在我身边的这个小竹田君才是真正的小竹田君，而你只是虚无缥缈的幻影罢了。好，现在我们请坐在我们身边的这个真正的小竹田君为我们说一句话——”我在听到自己的声音之前关掉了收音机。

下一个我是因为初次离开父母而尖叫哭闹的幼儿园里的小孩。“到底要哭到什么时候啊？”保姆说，“不能安静一会儿吗？”我不停地大声哭。“真是麻烦啊。——喏，小竹田，你快看那是什么？——是小金鱼哦！”保姆还很年轻，不太会哄孩子的样子，她把不停哭闹的我抱到房间的一角，那里放着一张桌子，桌子上有一个金鱼缸。她让我站到桌子上。“呐，小金鱼很可爱吧。”可是她的行动却让其他的孩子纷纷抱怨起来，于是这个自食其果的女孩儿只有丢下还在哭闹的我，急匆匆地赶过去安慰那些孩子。她回来的时候，完全没有注意到金鱼的数目不对，却很惊讶地对我说：“怎么回事，小竹田？你的嘴里怎么有血淌出来？”

然后，我是一边和手儿奈甜蜜地说着话，一边漫步在草地上的青年。啊，手儿奈！沐浴在和煦的春风里，手儿奈如同美丽的精灵一样陪伴在我身旁。我禁不住说：“手儿奈，你是多么可爱啊。”手儿奈微笑着，她的笑靥比四下里怒放的樱花还要美丽。“可是，你不是盼着我死么？”“你在乱说什么呀？！我怎么可能盼着你死呢？”“真的？那，难道是你放弃了？”“什么放弃了？我放弃什么了？”“我的命啊。”“你怎么能这么指责我呢？到现在为止事故还没有发生，你不能因为自己所预见的事故责备我。只有在事故确实发生之后，你才能指责我放弃了你。在事故发生之前就认定责任的做法从道理上讲是站不住脚的。假如未来人们可以预测杀人案件，于是就在案件发生之前将罪犯处决——实际上是在对没有犯下死罪的人实施死刑，这怎么可以呢？所以，请你不要用还没有发生的事来责备我。”“你在说什么呀？什么事故啊？”我突然醒悟过来。“你到底是谁？”少女回答：“我是生下来就具有奇异命运的人。我是使两个男子的人生因我疯狂的人。波函数坍缩的时候——我是触摸气味的人，我是观察声音的人，我是品尝颜色的人，我是聆听味道的人，我是嗅取形状的人。我是古代诗歌中的女主人公。波函数发散的时候——”少女的瞳孔闪烁着绿色的光芒，“我是手儿奈。”

所有这些体验，分不清是我大脑中本来的记忆，还是将记忆组合而生的幻觉。每一个画面就好像是我亲身经历的一样，却又在一瞬间突然切入到下一个画面。我在那些虚幻的、由我的大脑创造出的世界里没有一点儿自由，只能如同大海里的小舟，漂浮在无可计数的记忆断片里。唯一支撑我坚持下去的东西，只有我还残存的一点意识，那意识若隐若现，却总在我将要迷失的时候提醒着我：我是在立体定向放射治疗仪的处理室里，所有这一切幻觉终究会有一个尽头——然而尽头却迟迟没有到来。我想睡去，却睡不得；我想转身，也转不得。最后我终于放弃了一切努力，专心等待着死亡，然而等待了比一个人所能经历的一生长出数十倍、数百倍的时间，我仍然没有等到死亡。我终于明白，死亡也已经是我无法做到的事情了。我心中的时钟已经停止了。

不知道过了多久，我发现自己横躺在黑暗之中。有那么一段时间，我判断不出自己究竟是活着还是死了，然后处理室的门被打开，光线照射进来，于是我知道了自己还活在世上。但即使知道了这一点，我也没有任何欣喜的感觉。

“结束了？”你问我，脸上带着阴郁的表情。

“啊，太恐怖了。”

“我那时候也很恐怖。”

“可你只在里面待了三十分钟！”我恨恨地说。

“你不是也只待了三十分钟吗？”

我连看手表的力气都没有了。

“为什么失败？”我擦去眼角的泪水。

“不知道，我的操作应该是准确无误的。”

“可是时间一直都在朝着未来的方向前进着啊！我刚刚除了经历了一次人生最大的休克之外，也没有发生任何异常的情况啊。”

你闭上眼睛，默默地思考了一会儿。

“有一个原因值得考虑。”

“什么原因？”

“我们破坏的那个区域确实是感知时间的器官。”

“这个你已经说过了。”

“就像半规管是感知重力的器官一样。”

“这个你也说过了。”

“但即使没有半规管，人还是能够站立。”

“……不对，你刚刚说……”

“虽然不能直接感知重力，但还是可以利用间接的方法感知重力。一般来说，有两种方法可以代替半规管的作用：一种是利用我们的视觉，另一种——在我们闭上眼睛的时候——则可以利用我们对于手脚的固有感觉来判断。通过这两种方法，大脑就可以推测出重力的方向，从而保持我们身体的直立了。说不定我们目前也是一样的情况。”

“你的意思是？”

“我们既然破坏了那个感知时间的区域，那么应该就不能直接感觉时间的流变了。但是，我们身体中其他的感觉都还残留着。比如说，”你拿起一支圆珠笔，放开手，笔掉在床上，“我们可以利用半规管感知重力的方向，但也同样可以利用物体的下落来感知。比如说，我们看到松开手以后圆珠笔就会掉到床上，于是就可以推测出重力的方向；同样，在我们的主观上还没有意识到的情况下，大脑也会自动调用所有的感觉来判断时间流变的方向。你看好了——”

你拿起圆珠笔，用力扔出去。圆珠笔撞到墙壁上，碎裂开来。

“圆珠笔碎了。但是，碎掉的圆珠笔不会自动复原。我们具有的这种常识非常讨厌，”你的泪水溢出了眼眶，“如果退回到没有任何常识的婴儿状态，时间逆行一定就是很简单的事情。可讽刺的是，只有实现了时间逆行，才能退回到婴儿状态。”

“那么现在还有什么办法吗？”

“没有。”你抬起头看着天花板，两行泪水从你的脸颊上淌了下来。

再不能做什么了。于是我回了自己的家，你还是去了我的研究室。

回到家里，妻子看见我恍恍惚惚的样子很担心。我推开她，抱起威士忌酒瓶疯了一样地喝，然后很快就昏睡了过去。

第二天早上我醒过来的时候，发现自己已经睡在卧室的床上。可是，似乎有一点儿不大对劲的感觉。房间里的样子和昨天似乎有一点微妙的差异，可是也说不出到底哪里有差异。就好像在生活了几个月之后，总是有些小物件的位置被自然挪动的感觉一样。

这肯定是昨天酒喝得太多了。我这么想着，往厨房走去。

先起床的妻子正在准备早餐。

“我昨天是不是酒喝得太多了？”

“呃？”妻子停下来，转身看着我，“你弄错了吧？”

“弄错了？”

“是啊。你昨天晚上只是练习了一下今天会议的纪念演讲就休息了。”

“会议？今天？”

今天要举行会议吗？

我匆匆走到书房去看自己的记事本。

今天是五月十五日，没有任何会议。难道我记错日子了？可是前后一个星期都没有任何会议的安排。肯定是妻子弄错了。

我又回到厨房。

“是你弄错了，今天没有会议哟。”

“不可能的吧。你告诉我这件事情的时候非常兴奋，一直在说‘这次会议上我是第一个演讲的，这是很大的荣誉啊！’”

“我说了是五月十五日吗？”

“没有……五月？”妻子皱起眉头，“你在说什么呀？今天是六月二十日啊。”

我一听到这句话，突然站不住了，一下子滑倒在椅子上。然后，我又抬起头，努力对妻子做出微笑的表情。

“啊，好像有点儿太累了。”

“没问题吗？要不然，今天的会议请假别去了？”

六月二十日的会议我还是记得的。那是我所在的大学的四十周年纪念会议，我在会议上要做开幕演讲。显然，请假不去是不可能的。

“没关系，到休息日的时候好好休息一下就行了。嗯……帮我把电视机开一下吧。”

我在电视节目上确认了今天的日期。没错，时间已经过去一个多月了。

我匆匆吃完早饭，向大学走去。

教授办公室的样子也发生了少许变化，这也证明过去了不少日子。到底发生了什么？为什么过去这一个月的记忆都没有了？从妻子的样子看起来，过去的一个月里应该没有发生什么异常的事情……就是单纯地丢失了记忆吗？或者，我患有某种很罕见的多重人格的精神疾病？

走在路上的时候，我忽然想起了你对我的脑部进行的处理，然后我又想起了进行处理的立体定向放射治疗仪是我借用的，也许有人发现你也使用了那台设备。真要那样的话就糟糕了，说不定我教授的职务就保不住了。

啊，当时的我还不知道，马上我就不必再考虑职务一类的问题了。

“教授，会议时间就要到了，可以来大礼堂了吗？”对讲机里传来秘书的声音，“演讲用的光盘已经在礼堂的电脑里准备好了。”

我踏着绝望的步子走进大礼堂。礼堂里黑压压地坐了好几百人。

“小竹田教授来了，请大家鼓掌欢迎。”会议主席向大家介绍着。

我在大家的掌声中走向讲台。那种感觉就像走在太空中一样，轻飘飘的，又好像是我的灵魂的一部分离开了躯体，飘浮在半空中观察着剩下的那一部分一样。

所有这些人好像都不知道我丢失了一个月的记忆。这一个月里发生了什么事情呢？我若谈到最近的事情无疑是很危险的。到昨天为止，我表现的一切都还正常吗？一个月前的后遗症只在今天突然发作了？还是说，在过去的一个月里常常发作？

“大家好。”我站在讲台上开始了演讲。不知道是不是麦克风没有调整好，音响里发出巨大的噪声。我等这些噪声停止之后，再重新开始自己的讲话。

“今天，我们在这里迎来了我们大学的四十周年校庆纪念日。”我突然想到，也许我丢失了一年以上的记忆，而不仅仅是一个月。如果是这样的话，在座的人们可能会有各种各样的反应吧。我停住话头，会场里安静下来。还好，下面没有什么异常的反应。

“在这个纪念大会上，我有幸受邀进行演讲，这是非常大的荣誉。当然我也很清楚，并不是因为我的工作，而只是因为我的年纪才得到了这样的荣誉……”

台下传来了轻轻的笑声。一般而言，在这样的会议上，不管开什么样的玩笑，台下都不会哄堂大笑的，所以现在尽管有轻轻的笑声，我也感觉很满意了。

那么，接下来说什么好呢？尽管我刻意放慢了自己的语速，但要想纯粹只依靠临场发挥就完成一次如此重要的演讲，根本是不可能做到的事情。最少最少，此前必须要做过一些准备才行——对了，妻子不是也说我昨天在练习吗？研究室的其他同事应该也听到过我的练习吧？如果我现在说的内容和练习时候的内容不一致，他们会不会觉得很奇怪？等等，等等，刚刚秘书说电脑里有光盘的——

“玩笑话就不多说了，现在让我们进入正题。”

我点了一下显示器上的“开始”按钮，画面上立刻闪现出几行大字。

大学四十周年庆建言

面向未来的展望

平成大学　医学部

小竹田丈夫

我身边的巨大屏幕上显示出同样的内容。要是看到画面能让我想起些什么就好了。我沉默着，进入下一个画面，那上面显示出一幅图画，画的是一个地球，上面写着“医疗全球化”几个字。我什么也没想起来。再进到下一个画面，是少年追着一条狗的动画，但是没有一点文字说明。我有些着急了，却还是不知道该说什么。会场也开始有些骚动。为什么每一个画面上都没有一点提示性的文字呢？我翻过一个又一个画面，大屏幕上图案出现又消失，可是始终没有找到一幅可以让我好好说一点儿东西的画面。我只能三言两语胡乱介绍一下画面的内容，然后匆匆翻到下一页。很快就到了最后的画面，在这个画面上，有一些总结性的文字。我照着那上面的内容读了一遍，然后对台下鞠了一躬，就这么走下了讲台。

预定一个半小时的演讲，我只在台上站了十分钟。

“唔……那个……设备出了一点儿问题，纪念演讲提早了一些结束……”

会议主席坐不住了，站起来向大家试着解释。

我没有走回准备席，而是直接向场外走去。虽然看不见，我还是可以感觉到会场里众人的目光集中在我背后。

我回到教授研究室里。坐在办公桌前，我的目光越过山一样堆积着的文档望向窗外。

全都结束了吗？如果我承认自己得了奇怪的疾病，是否可以得到原谅呢？可是，如果承认有疾病，我还能继续做教授吗？我到底该怎么办？过去是否有过同样的病例？

啊，这个疾病的原因我自己很清楚，一定是接受脑部处理而导致的。那么，去调查接受过同样手术的患者应该会有帮助吧，可是我并不知道有谁接受过这种手术……除了一个人……

我抓住研究室里的学生，询问你在什么地方。可是不管哪个学生都有一个多月没看见过你了。只有一个学生说，今天早上好像看见你在学生食堂周围闲逛。

我慌忙向食堂跑去，然后在垃圾桶之间看见了抱着膝盖坐在那里的你。

“喂，血沼，你真的在吃别人的剩饭啊。”我抓住你的手腕，把你拉起来，“起来，我要找你帮忙。”

你面无表情地看着我，然后突然没头没脑地问了一句：“你在时间里跳跃了？”

“什么？”

“不明白也好，那就和你没关系了。”你又退回到自己独有的世界里。

“你起来，跟你说正经事！”我用力摇晃你的肩膀，“我在接受了大脑处理以后，一觉醒来就到了今天了。”

你一听到这话，突然就跳了起来，满是污垢的脸上绽放出笑容。

“原来你果然跳跃了！不过好像才第一次吧……那，今天是几号？”

“好像是六月二十日。”

“唔，差不多刚好一个月。”你沉思了一会儿，“你说要找我帮忙，可我自己也有麻烦啊。”

“难道你也遇上同样的情况了？”

“是啊，你才刚刚是第一次遇上，我已经遇上几百次了。”

“几百次？几百次什么？”我越来越糊涂了，“记忆丢失了几百次？就在一个月里？”

“记忆丢失？啊，你还在那么想啊。”

“怎么，这难道不是记忆丢失？你说过如果对大脑进行手术就可以返回到过去，可实际上并没有回到过去，反而引起记忆障碍了。”

“不是记忆障碍，是你来到未来了。”

“什么？”

“你从五月十五日直接来到了六月二十日：你经历时间旅行了。”

我笑了起来。

“我确实丢失了一个月的记忆，所以看起来好像是我直接从五月十五日跳到了六月二十日，但这个明显是错觉。因为我们本来是要回到过去的，怎么可能来到未来呢？”

“原因我不知道。”你平静地说，“我本来以为，我们会以正常的、向未来前进的速度很平稳地向过去移动。可是就和你经历的一样，我只要一睡着就会在时间里突然飞跃，而且我自己完全无法选择飞跃的目的点。看起来，还是我了解的理论太少，一直都把时间当成连续体了。”

“时间本来就是连续体。”

“唔，看上去时间好像确实是连续的，但实际情况并非如此。时间不是连续体。五月十四日既没有和六月二十日联系在一起，也没有和五月十五日联系在一起……或者干脆这么说：五月十五日下午一点零分零秒和五月十五日下午一点零分一秒实际上都没有联系，只不过是我们的大脑把它们联系在一起罢了。这也就是说，时间是连续体的感觉，完全是我们大脑的错觉而已。”

“你说的完全没有一点儿根据。就算你说的是真的，可是我们的大脑有什么必要做出这种错觉呢？”我反问道。

“有什么必要？必要性难道你还没有体会到吗？至于说原因——时间本来只是一个个独立的点的集合，但是对于人类来说，如果不能把这些独立的点按顺序组合起来，那么我们就理解不了事物的发生顺序，对我们周围世界的认识也就无从说起了——所以，我们的大脑才会发展出给时间点排序的能力。当然，对于你我来说，大脑的这一机能已经被破坏了。”

“你说得肯定不对。现在你我感觉到的时间不还是流动得很正常吗？”

“这个问题我以前应该对你解释过，这是因为我们大脑在自动使用其他部分代替原先的机能啊。但是当我们睡着的时候，大脑的活动减弱了，代替部分不再发挥作用，于是我们就会在时间点中跳跃了。”

“……我还是不信。这么说吧，如果我真的通过时间旅行从五月十四日跳到了六月二十日，那么不仅是我个人的记忆不存在，对于其他人而言我也是不存在的，因为从五月十五日到六月十九日的这段时间，我根本就没有存在于这个世界上啊。”

“小竹田，你还是没有弄明白。这虽然是时间旅行，但并不是说你的肉体被送到未来了。实际上，被送到未来的只有你的意识而已。”

“这么解释也说不通啊。如果说只有我的意识跳到了六月二十日，而身体却没有跟着过来，那么从五月十五日到六月十九日的这段时间里，难道我的身体一直都处于神志不清的状态吗？但是我今天遇到那么多人，没有一个这么说啊。”

“你果然不能理解。”你轻轻地笑起来，“当然，其实我也没有完全理解。这么说吧，首先，时间是流动的，至于时间为什么流动，原因我们不清楚，仅仅是把它作为一种客观现象接受了，并且给它标记上一个个的日期并加以排序：五月十四日之后是五月十五日；五月十五日之后是五月十六日，依次类推。现在，我们又有一个意识的流动，这种流动和时间的流动本来是独立的。五月十四日的意识和五月十五日的意识一开始并没有联系在一起，只有经过我们大脑当中时间感知器官的确认，发现在时间上存在着五月十四日到五月十五日的流动，这才把五月十四日的意识和五月十五日的意识结合到一起——这是正常人的情况。但是对于你来说，大脑中的时间感知器官已经被破坏了，于是你的大脑就不知道该把五月十四日的意识结合到哪一天去，只能随机挑选一个日子结合，这就是为什么你的意识会从五月十四日一下子跳到六月二十日去。换句话说，你从五月十五日到六月十九日的意识都是存在的，只不过没有把它们同你五月十四日的意识联系起来罢了。”

“单纯从逻辑上看，你的这种解释也算合理。但是作为一种理论，它缺乏足够的证据支持。我同样可以解释说，我身上发生的事情都是因为我的记忆丢失的缘故，因为你说的那个器官并不是所谓的时间感知器官，而实际上是对记忆有着重要作用的器官——这种说法不是更简单也更容易理解吗？”

你大笑起来，笑得完全停不下来，但眼里却有泪水一滴滴地滑落。

“如果你认为这种说法容易理解，你就这么想吧……我最初也和你想的一样，但是，但是……”

“血沼，一起去接受检查吧。”

“检查……我已经检查过很多次了。有几次还是你给我做的检查……当然是具有别的意识的你给我做的检查。反正是没有用的，完全没有用。我已经放弃了。”

“怎么能放弃？应该还是有希望的。”我说。

“希望？希望永远都有……对你也好，对我也好……我还剩下最后一句话要告诉你：以后，恐怕你我再也不能相会了。但这里的‘你’并不是指‘小竹田丈夫’，而是指和今天站在我面前的这个‘小竹田丈夫’，具有同样意识的‘小竹田丈夫’。你明白吗？”

“完全不明白。”

“你说不定还有几次和我见面的机会……”你说。

“唔？你刚刚是不是说你没机会再和我见面了？”

“是啊，我确实那么说过。”

“那你就自相矛盾了吧。”

“没有，一点儿都不矛盾……你自己好好想想吧……”

你这么说着，慢慢转过身子，向远处走去。我呆呆地望着你的背影，不知道是追好还是不追的好。我只觉得，你好像已经强行把我拉入了一个未知的世界当中。

我呆立了半晌，直到你的背影消失。

看来，再留在学校也没有任何意义，于是我回家了。

“哎呀，你不是说今天会议结束之后还有一个座谈会的吗？怎么回来这么早啊？”妻子看到我，惊讶地问。

我没有回答，直接进了书房。我在桌子前面坐下来，忍不住又想起今天演讲的事情，想着想着，也就渐渐地睡着了。

当我醒来的时候，发现自己又躺在床上了。一开始我还换了一个舒服的姿势躺着想：奇怪，自己什么时候睡到床上的呢？然后我就想起了睡着以前的事情，立刻从床上跳起来，回头去看墙上挂着的壁钟，钟的指针指向七点，从窗外的样子看起来，应该是上午七点。

我下了床，来到厨房，提心吊胆地向妻子问："喂，我昨天什么时候睡的？是不是在工作的时候不知不觉就睡着了？连澡都没有洗？"

"工作？不会吧？你昨天喝了好多酒。难道你后来还工作了吗？"

又跳了一个月吗？我心里升起一股寒意。照这种跳法，要不了多久我的寿命就该跳到头了。不，首先我还是要确定今天到底是哪一天。我看见儿子正在读的《恐怖新闻》。

"啊，是这样啊。我昨天酒喝得太多了，记忆混乱了。那个，今天是几号了？"

"呃？开玩笑的吧？酒喝得再多也不可能忘记日期吧？"

"不是开玩笑，是真的忘了。毕竟我的年纪大了。"

妻子的脸上浮现出惊讶的表情，不过还是回答了我。

"今天是五月十五日。"

五月十五日？我不敢相信，于是打开了电视机。电视上确实显示着五月十五日。这到底是怎么回事？我头脑迅速转动着，设想出若干解释。

第一，我从五月十四日通过时间旅行来到了六月二十日，然后又从六月二十日再次进行时间旅行回到五月十五日。

我最初想到的就是这个解释。但是，这种解释完全颠覆了我数十年来积累的人生经验——不，它是完全颠覆了数千年来人类积累的全部经验。对于我而言，除非一切其他的解释都被否定了，否则我是无论如何也不会接受这样一种解释的。

第二，所有人都串通起来对我搞恶作剧。

你、我的妻子、研究室的学生、学会的会员，全都串通好了欺骗我——可是，这种想法太古怪了吧？这么多人有什么理由要串通起来骗我呢？而且，难道连电视台都在骗我吗？

第三,六月二十日的事情只是一个梦。

从五月十四日晚上到五月十五日早晨，我做了一个梦，我是在梦里来到了六月二十日——虽然经历的事情作为梦来说未免太逼真了一点，但这却是我唯一能够接受的解释了。

当然，不管实际情况是哪种，我还是去了大学。

在研究室里，我看见你坐在桌子前面正写着什么东西。

“血沼，一大清早的你在干什么呢？”

“我在研究昨天失败的原因，看看能不能找到解决的办法。”

“唔……”我想起昨天你也接受了同样的手术，“那个，你今天早上起来的时候有没有发现什么变化？”

是了，如果你回答我说没有任何变化，那我就可以肯定自己经历的那些都是在做梦了。

“起来的时候？呀，没什么特别的啊——”

你的回答让我松了一口气，但是，你又接着往下说。

“反正我昨天一天都没睡……”你注意到我的脸色阴沉了下来，“咦？怎么突然不说话了？……有什么事情对不对？喂，告诉我！”

我把前天——准确地说，不是前天，而是一个月以后——发生的事情原原本本对你说了一遍。

“唔……”你沉吟着，“事情真的很古怪。时间不是连续体的话，实在让人难以置信。这种主张怎么也不像是精神正常的人提出来的。”

“可这是你亲口对我说的啊。”

“不是我说的，是那个男子——未来的我说的。无论如何，如果他的理论是正确的，那么我们的计划说不定还不能说是失败了。”

“大概是吧。不过，有什么证据能表明我去过未来吗？比如说，如果我能够准确地预言一个月之后的事情，能不能认为这就是证据？”

“如果你能说中这么一件两件事情的话，那谁都会相信的。”

“不是单单只说中一两件事，而是百发百中啊。”

“不可能百发百中的。”

“为什么？”

“小竹田，你去了未来，对未来的世界做了观测，”你仿佛对一切都已经很清楚的样子，信心十足地开始说明，“这就意味着波函数坍缩了。六月二十日的世界本来只不过是有着无限可能的非实在化的波，既存在着爆发核战争的非实在化世界，也存在大学消失的非实在化世界，还存在着突然发生革命的非实在化世界，等等等等。但是现在，由于你的观测，波函数坍缩到了唯一的一种可能上，无数的非实在化世界都消灭了，只留下一个实在化的你所观测到的世界。”

“所以呢？六月二十日的世界已经被确定了，我的预言不也就必然可以应验了吗？”

“不是像你想的那么简单啊。已经确定的，仅仅是对于你而言的六月二十日的世界；对于包括我在内的其他所有人来说，六月二十日的世界仍旧是属于未来的。也就是说，你所观测的仅仅是你自己的六月二十日，其他人的六月二十日并不是你所能观测到的。而如果还没有被观测到的波函数会自动坍缩的话，量子力学也就不能成立了。”

“你就直接给我一个结论吧。”我实在听不明白，感觉有点儿不耐烦了。

“结论就是，当六月二十日来到的时候，波函数会以一种不同的方式再次坍缩，这种坍缩的结果很可能会与你所经历过的不同——简而言之，你的预言很可能不会实现。”

“不会实现？要是真的不会实现，那去未来还有什么价值啊？我小的时候一直在想，如果自己能有时间机器就好了，只要先到未来去了解彩票呀、股票呀、赛马什么的结果，然后再回到现在，那就可以变成超级大富翁了……可是照你今天说的看，时间旅行岂不是一点儿意义都没有了吗？”

“呵呵，时间旅行当然还是有价值的。你要知道，所谓的‘现在’，站在‘过去’的角度来看其实就是‘未来’。所以，时间旅行的价值在于，它可以让我们返回到过去，把自己不满意的未来修正过来。”

“听起来好像不错，可是这需要我们能在时间中倒退才行——而现在的情况是，我只能朝着未来前进，没有办法回到过去啊。”

“你已经回到过去了，从六月二十日回溯到五月十五日了。”

“呃？”我沉默了一会儿，仔细考虑着你的话，“可是，六月二十日终究还是未来，五月十五日才是现在。虽然说把六月二十日当作现在的话，五月十五日也就成了过去，可在现实当中，六月二十日仍旧还是不存在的。”

“小竹田啊，你对时间旅行的理解太僵硬了……你为什么一定要用五月十五日作为基准来区分过去、现在、未来呢？对于现在的你而言，这种分类已经完全没有意义了。你为什么不换一种角度，把现在看作是六月二十日的过去呢？”

“这就是我不明白的地方，”我试图把自己的疑惑说得更明白一点儿，“今天是五月十五日，这是毋庸置疑的事实，也就是说，五月十五日是目前存在着的；另一方面，五月十四日已经过去了，也就是说，五月十四日已经消失了，在哪里都不存在了。如果存在于某个地方的话，那就不是过去，而应该是现在了；接下来，五月十六日还没有到来，所以它也是不存在的。所以说，过去和未来都是现实中不存在的，前者是存在过了，后者是还没有存在。”

“如果说未来不存在的话，你不是已经经历过六月二十日了吗？”

“……嗯，你说得不错。如果我的经历不是梦的话，那么未来就应该是存在于什么地方的……可是，到底是哪里呢？”

“我已经说了很多次了，小竹田，那些都是你大脑的错觉而已。”你说，“所谓的错觉就是这样的想法：时间是分成过去、现在、未来的；未来在一分一秒地变成现在，现在也一分一秒地变成过去。打个比方来说，就好像穿过珠子的丝线一样，把丝线看作时间，于是正在珠子里的那一部分就是现在，已经穿过珠子的部分就是过去，还没有穿过珠子的部分就是未来——但是，真是这样吗？如果把丝线看作时间，那么珠子又是什么呢？”

“珠子就是人啊。”

“那么，过去和未来就没有人吗？”

“珠子是人的意识。”我订正道。

“过去和未来的人就没有意识吗？”

“……那，你说珠子是什么？”

“根本就没有什么珠子啊，”你从鼻子里笑出声来，“时间并不是流动的。”

“但是，血沼，你前天——昨天说过时间是流动的。你当时是说，大脑可以感知时间的流动方向。”

“那只是打个比方而已，是让你理解起来更容易一点儿，实际上应该说时间的方向性，而不是什么时间流动的方向。这就好像指南针一直都指着南方，但并不是有风在往南方吹啊。”

“你到底在说什么呀，我怎么越来越糊涂了？”我还是决定放弃理解你的话了。

“不理解的话，硬要让你理解也没道理，呵呵。反正你自己多想想，慢慢地一点一点理解就是了。”

“那，你也一点一点告诉我吧。”

“告诉你？不可能了。”

“为什么？”

“六月二十日的我已经说过了——我猜，那天的我说不定和现在的我具有同样的意识——今后我们恐怕都不会再相遇了。”

“什么意思？”我问道。

“呀，没什么意思，反正没什么关系……好了，我要去睡觉了。”

“你是打算去别的日期了吗？”

“唔，是啊。所以说，小竹田，我以后大概都不会和你相遇了。”你平静地说。

“比方说，即使睡着了之后你的意识进入了别的时间流，可是你这个人还应该是存在的吧？”

“血沼壮士明天当然还是存在的，但这并不代表明天的我的意识会和今天的我的意识联系在一起。所以，我们就在这里告别吧。”

你向我挥了挥手，站起来，慢慢向研究室外面走去。走到廊下的时候，你像是想起了什么似的，停住脚，回过头对我说：“喂，别忘了我们的目的啊！”

“目的？什么目的？”

“你这个混蛋！手儿奈呀！”

你说完之后再也没有回头。我也没有喊你，只是站在原地，透过泪水模糊的双眼看着你拐过廊下的墙角，背影消失在墙角后面。

我冷静下来，开始分析自己目前的处境。

首先，如果所谓的时间旅行只是我自己的梦，那么就没有任何问题了。现状既不会好转，也谈不上恶化。

其次，即使我真的进行时间旅行了，也完全没有必要悲观——不，不但不应该悲观，而且说不定还是一个巨大的机会。

上一次在学术会议上演讲失败是因为自己毫无准备就去到未来的缘故。但这又有什么好担心的呢？我反正可以改变自己不喜欢的未来。虽然在我的主观上，会议演讲是失败了，但是其他人都不知道这一点，这就相当于我还没有失败——不对，波函数还没有坍缩，所以不是“还没有失败”，而是根本还没有确定是不是失败。这样说来，好好做的话，我是完全可以避免失败的。

我开始思考能让我的纪念演讲获得成功的方法。

那天晚上，我早早上床睡觉了。当然，我并没有打算一定要一醒来就能到达我想去的日期，反正一次不行的话，多试几次肯定就可以了。这就好比掷骰子，第一次就掷出一的可能性很小，但要是允许一直掷到一出现为止的话，那就相当容易了。每一次掷骰子的时候，出现一的概率都是六分之一——当然，很多人都会以为所谓“六分之一的概率”是指每掷六次必然有一次出现一，其实并非如此。即使前五次都不是一，第六次也不能说会百分之百出现一；实际上，第六次出现一的概率仍然还是六分之一。不过从另一个方面说，连续十次都不出现一的概率只有百分之十六，连续二十次不出现一的概率只有百分之二点六，连续五十次不出现一的概率是百分之一，而连续一百次不出现一的概率只有百万分之一了。到这种时候，事实上和零概率事件也没有什么差别了。所以，同样的道理，即使不能马上到达自己想去的日期，至少我相信自己终究还是会去到的。

不过很幸运的是，我第一次就成功了。

睁开眼的时候，恰好就是六月十九日。

我一到大学，立刻把秘书叫到了教授办公室。

“中乙女小姐，明天演讲用的光盘已经准备好了吧？”我问秘书说。

“是的，昨天已经给您了。”

“哦，是啊。”我急忙在抽屉里翻找起来，“啊，在这儿呢。那个，中乙女小姐，这一次演讲，我打算使用电子备忘本。”

所谓电子备忘本，是一种可以把演讲稿的字放大显示在监视器屏幕上的作弊工具。当然，既然是作弊工具，它只会把演讲稿显示给演讲者看，一般听众的大屏幕上是不会显示出来的。

“呃？教授也要用那个了吗？”秘书有些惊讶地问。

“嗯，是啊。”我尽可能摆出一副平静的样子。

“可是教授您从来都没有用过电子备忘本啊。”

“怎么，我不能用吗？”

“啊，我不是那个意思，只不过，您不是一向都很讨厌电子备忘本的吗？我记得您发现学生用那个的时候还发过很大的火呢。”

“你说得不错，”我早已经准备好了一套说辞，“对于一般的研究讲解而言，电子备忘本确实是相当不好的东西。我在上大学的时候就听老师说过，使用电子备忘本进行讲解的人并不真正理解自己要讲的内容，而仅仅是按电子备忘本上显示的文字照葫芦画瓢地读出来罢了，可以说他们是缺乏诚信的，所以对于自己的学生，我也反对他们使用电子备忘本。我当然知道其他有些研究室允许学生使用电子备忘本，不过我也同样知道，那些学生当中也确实有些并不理解自己所讲解的内容，这一点只要随便问他们几个问题就可以发现了。因为不管什么样的问题，电子备忘本上都不可能显示出写好的答案，所以那样的学生，在那种场合下都会遭受耻笑的。

“但是，我这一次要做的，并不是研究目的的演讲，而只是纪念性质的演讲而已。如果我在演讲过程当中忘记了原稿的内容，那么对于听讲的人士来说就会感觉非常困惑。况且我想，谁也不会认为我是因为不理解演讲的内容才使用电子备忘本的吧。”

“啊，当然当然。”秘书有点儿不大信服地说。不过看起来，她好像也不知道该对我的解释做什么反应才好。

“那就是了——中乙女小姐，你知道怎么用这个电子备忘本吗？”

我很清楚，虽然自己曾经禁止学生使用电子备忘本，但还是有学生在偷偷使用。秘书当然也应该从那些学生那里学到了一点使用方法。

“是的，我知道一点儿。”

很好，非常好。

“那么，教教我怎么用，行不行？”

秘书答应以后，我开始着手通读提纲，推测演讲的内容。上一次，因为是第一次，又受了不小的惊吓，根本没办法推测演讲的内容到底是什么，这一次心平气和地看下来，对整体内容大致都有了一个了解。虽然说我的意识与此前写作这份提纲的“我”是割裂的，但是说起来，这提纲终究还是自己做的东西，理解起来还是比较容易。另外，我也感觉到这份提纲和上一次演讲所见的内容稍有差异，不过恐怕这也是我个人的感觉失误，所以也没有深究下去。

接下来就是制作电子备忘本了。首先是我通读原稿，然后指示秘书照我说的内容输入，全部完成之后再由我做一次全盘校验，确保每一幅画面都有对应的台词显示在只有我一个人可以看见的显示器上。好不容易所有内容都完成了，我看看时间，已经晚上九点了。

“哎呀，我都没注意，竟然已经这么晚了啊！连饭都没有请你吃，真是该死了。下一次，一定要请你吃饭。”

“嗯，没关系。”秘书看上去有一些不高兴，“不过，下一次希望教授您能早点儿我和说。比方说，如果前天就告诉我这件事情，也不至于搞得这么匆忙了。”

尽管秘书这么说，我还是相当满意的。电子备忘本已经弄得很完美了，明天的我即使完全不了解会议的内容，只要看了电子备忘本的提示，演讲的时候应该就不至于惊慌失措了。当然，最后还有一个问题，就是演讲之后有一个听众提问时间，我现在因为不能预测听众会提什么问题，所以也没办法编写答案。不过，我毕竟不是对演讲内容一无所知，应该对于各种问题都能做一个比较适当的回答吧。

我意气风发地踏上了回家的路。

第二天早上我睁开眼睛的时候，已经是会议举行一周之后了。

和研究室里的各个同事打招呼的时候，态度上似乎都没有什么特别的变化。看起来纪念演讲应该是很成功的。我为了进一步确认，特意发了一封电子邮件给我的朋友——他应该出席了那次会议。

小竹田 @ 平成大学

久未见面，老友一向可好？

对于前日会议上我进行的演讲，老友的感觉如何？我觉得自己似乎犯了一些比较严重的错误，月花先生是怎么看的？

明年在夏威夷举行大会的时候，你是否还出席？如果出席的话，我们晚上一起吃一顿饭，你看如何？

此致

敬礼

平成大学　医学部　小竹田丈夫

shinoda@○△×.heisei.ac.jp

三十分钟以后，答复的 E-mail 来了。

月花 % 今天还在醉酒中 @ 白凤医短 *

>对于前日会议上我进行的演讲，老友的感觉如何？我觉得自己似乎犯了一些比较严重的错误，月花先生是怎么看的？

我没感觉你的演讲当中有什么问题，恰恰相反，我感觉你做了一次很漂亮的演讲。

>明年在夏威夷举行大会的时候，你是否还出席？如果出席的话，我们晚上一起吃一顿饭，你看如何？

你说这话是什么意思？那一天我们不是一起参加了会议之后的宴会吗？我记得在那时候我就和你说过下次的大会我不参加了吧？而且——

>久未见面，老友一向可好？

这话又是什么意思？你是在开玩笑吧？

白凤医短　月花健吉

tukihana@haku○×△.ac.jp

---

* 白凤医短："白凤医疗技术短期大学"的简称。

在还没有确定当天有没有见面的情况下就直接和朋友联络，确实是有一些草率了。不过，好歹也不算什么大失误。反正都是些细枝末节的事情，也没必要专门解释，而且估计朋友渐渐就会自然而然地忘记了。另外，我现在也完全顾不得这些东西了，因为我的计划居然能够如此完美地实现，实在让我感觉像在梦里一样。我的设想既然是正确的，就意味着我拥有了改变历史的能力。改变历史！这居然就是如此简单的事情！

可是，历史是从什么时刻开始改变的？是我最初确定计划的时刻？是在六月十九日醒来的时刻？是来到大学找秘书的时刻？是和秘书一起制作电子备忘本的时刻？是晚上睡觉的时刻？是今天早上起床的时刻？可能性太多太多了，我不知道哪一个才是正确的答案。另外，我也隐约觉得有些奇怪，因为在我原先的记忆里，纪念演讲是失败了的，可是现在的事实又是一周前的演讲很成功，那么岂不是说现在的我和一周前的我是不同的两个人——或者说，至少也是具有不同意识的两个人吗？

但是无论如何，我确实拥有了神一样的能力，拥有了将这个世界变成我希望的样子的能力。

我雀跃着从教授办公室走向停车场。

哦哦，我是全能者！我是全知者！我是这世上独一无二的……等等，真的独一无二么？

我想起还有一个人也和我一样，具备着神一样的能力。

我又一次开始了时间旅行。

七月五日。七月十一日。六月三十日。八月一日。九月十五日。六月二十二日。八月十三日。八月五日。八月四日。

然后，五月十四日。我和你一起前往立体定向放射治疗仪的治疗室。

你对我说："浪费时间争论这种问题根本毫无意义，你还是赶快教我怎么操作这个设备吧。"

"不行！"我斩钉截铁地说。

"为什么？"你瞪大了眼睛，"为什么说不行？"

"因为，不管怎样出色的理论，一旦投入实际应用，多多少少都会出现问题，所以无论哪种治疗手段，都要先进行充分的动物实验之后才能加以实际的临床应用。"我稍稍停了一下，"血沼，你做过动物实验没有？"

"没有……你是让我先去做动物实验？那种实验即使做了也完全没有意义。动物又不能说话，即使成功进行了时间旅行，它也不能告诉我们任何东西。况且，人类以外的动物难道也具有意识吗？"

"唔……确实如此。看起来，只有直接进行人体实验这一条路了。"

"你明白就好，"你脸上浮现出如释重负的表情，"那么快点儿教我吧。"

“没那个必要。”我从大衣口袋里拿出手提电脑。

你吃了一惊，把手伸进自己的大衣口袋，把你的手提电脑也拿了出来。

“咦，巧得很啊，两个人都带着同样的东西吗？”我假装很惊讶地说。

“我是因为考虑到你有可能会不帮我处理大脑，所以才准备了这个。”

“原来如此。我是偶然带着的。和你见面之前刚好有个要计算的项目，就把它一直带在身上了。不过就像你想的，利用这台机器，我也可以自己对自己的大脑进行处理了。”

“你自己？”你惊讶地张大了嘴。

“是的。只有我自己。我一个人对我自己的大脑进行处理。”

“混蛋！首先应该是我！”

“不，血沼，你静下心来好好想一想，”我开始向你列举理由，“如果一上来就由你来接受处理，那要是失败了怎么办？如果你死了，或者变成废人了怎么办？——显然你的种种研究就没办法继续下去了。可如果换作是我又怎么样呢？不管我出了什么样的状况，至少你的研究还是不受影响的。”

“……你说得好像有点儿道理……”

“就是了。你现在告诉我那个区域的位置吧。”

这一次就像是我对你催眠了一样，你一点一点告诉了我区域的位置。其实，我在上一次的五月十四日就已经知道了，不过为了不引起你的怀疑，我也只好耐心听你再说一遍。

在你解释完之后，我开始调整程序，然后再一次进入处理室里。

然后，是又一次恐怖的经历。

“你还好吧？”我从处理室里爬出来的时候，你问我说。

“太可怕了！”我因为难受而忍不住怒吼着，“血沼，是不是失败了？根本没变化啊！”

你也慌张起来，匆忙调出我的脑电波和脉搏之类的记录数据查看，可始终没能查出任何奇怪的地方，最后你抬起头来看了我一眼，然后又失望地垂下头去。

我们两个人一言不发地往治疗室外走去。两三分钟以后，你突然开口说话了。

“小竹田，你是在骗我！”

“骗你？”我心里一惊，但表面上不动声色，暗自祈祷能够蒙混过去，“我骗你什么了？你以为我害怕对自己的大脑做处理，所以装出一副接受处理的样子，实际上并没有做任何处理？——胡说八道！你要不信的话，可以来扫描我的大脑，看看我是不是真的接受处理了。”

“不是这个，我说的不是这个。”你好像打了一个寒战，“唔，连我自己都不相信……你，你是要独占某种能力吧？”

“独占什么能力？”

“独占时间旅行的能力。”

“你在说胡话吧……我为什么要那么做？”

“因为，”你的眼睛里布满了血丝，“你已经了解到时间旅行的好处了。”

“开玩笑……那你说，我到底是什么时候了解的？”

“当然是在未来。你是来自未来的……对！你骗了我！”你回过身，又向着治疗室的方向跑去。

“站住！你一个人进不了治疗室！”

你停下来，回头看着我。

“你到底想要什么？要赚很多很多钱？还是要征服整个世界？”

“你不觉得这些都很有吸引力吗？不过，有吸引力的事情太多了，我还没有决定到底先做什么才好。反正我目前的第一件事情，就是要先除掉所有有能力阻止我的人。”

“咯——！”你突然抓起脚边的一块石头，往我头上狠狠砸了下去。

我醒来的时候，正趴在教授办公室的桌子前面睡觉。

今天是哪一天？

我看了看手表。日期是六月十九日。指针正指向晚上十点。

我到底是从什么时候开始睡觉的？在上次的六月十九

日这一天，我记得自己好像并没有打过盹。我走到洗手间，对着镜子查看自己的头——就像预想的那样，头上有一道伤口，不过看上去已经治疗过，差不多愈合了。

原来如此。此前的我被你打昏了，然后就又一次开始了时间旅行。在上一次的五月十四日那一天本来并没发生这种事情，现在既然发生了，它也就对历史造成了影响，于是我才会在本来没有睡觉的时候睡觉，而我的意识也就连接到了这个新的时刻上。但是那件事情以后呢？那个血沼被警官抓走了吗？他说了什么吗？啊，就算他说了也没人会相信吧……

我开始收拾东西准备回家了。忽然间，我想起明天就是纪念演讲的日子，接着又想起电子备忘本的事，我有些不放心，就把光盘放进电脑里启动，打算确认一下光盘的内容。

然后，我仿佛掉入了冰窖，浑身一下子变得冰冷：电子备忘本的内容全都没了。

是光盘错了吗？我慌慌张张地在抽屉里翻找起来，可是什么也没有找到。没有办法了，我带着最后一点希望，往秘书家里打了一个电话。

“喂，您好，这里是中乙女家。”

“你好，我是小竹田。很抱歉这么晚了还给你打电话。”

“怎么了？”

"那个，是这样的。明天演讲用的光盘放在哪里了？你还记得吗？"

"演讲用的光盘？教授您什么时候做的那个啊？"

"啊，你不知道吗？就是存着电子备忘本的那一张啊。"

"我不知道。"

"奇怪，你应该知道的，不是今天刚刚做的吗？"

"今天？今天什么都没有做啊。"

"呃？做的电子备忘本啊。"

"我不明白您在说什么。您不是一向都很讨厌学生使用电子备忘本的吗？怎么会自己也用那个呢？"

"啊，这样啊……看来是我搞错了。那么，十分对不起，打扰你了。"

"请您以后不要再开这种玩笑了。"

秘书似乎很不高兴地挂上了电话。

我尽力使自己保持冷静。

冷静。要冷静。着急不可能让事态好转；相反，如果冷静下来好好想想，说不定还能找到什么解决的方法。

首先，要把事情的顺序整理一下。

最初来到六月二十日的时候，光盘里并没有电子备忘本。但实际上在我对六月二十日做出观察之前，这一点还并没有确定下来。有电子备忘本和没有电子备忘本的光盘都是以非实在化的、波函数的状态同时存在的。然后，我登场了，并且开始观察光盘的内容，于是波函数坍缩，光盘里没有电子备忘本的状态被实在化了。

此后我又回到了过去，于是波函数再次发散。

接着，我来到了十九日。在那时候，我自己在光盘中输入了电子备忘本的内容，强行迫使波函数坍缩了。

再后来，我跳过了二十日，直接去了未来。去往未来和回到过去是不同的，因为并没有发生时间的逆转，所以波函数一直处于坍缩的状态，我也就一直处于光盘中有电子备忘本内容的世界里。

但是后来，我又一次回到了五月十四日的过去。在那一瞬间，波函数又发散了。

当我再回到六月十九日，观察光盘内容的时候，波函数也再一次坍缩到了没有电子备忘本的状态。

那么，现在该怎么办才好?

什么都不管，直接睡一觉，说不定也是一个解决方法。我醒来的时候既可能是过去，也可能是未来，不管怎么样，明天的演讲都跟我没什么关系了。如果我在过去醒来倒没关系，因为波函数会再次发散；但是如果我在未来——当然也包括明天——醒来，那么波函数一直都坍缩于没有电子备忘本的状态，这个状态恐怕是非常糟糕的。

另一个解决方法，是今天晚上熬一个通宵，这样，明天进行演讲的就不是具有另一个意识的我，而是现在的我了。

现在的我毕竟在此前制作电子备忘本的时候把讲稿的内容看过一遍，虽说没有把全部内容都记住，不过应付演讲应该也足够了——可是，到明天演讲之前，一会儿觉都不睡，可能吗？在我现在的状态下，哪怕是稍稍打一个瞌睡都将是致命的。

看来，只有今天晚上重新制作电子备忘本这条路还算可行了。

我又一次开始制作电子备忘本了。本来以为我已经做过一次，这一次再做的话应该相当简单了。但是在开始做的时候才发现，讲稿的内容和此前都已经不一样了，甚至连结构都变得完全不同。看起来，当我再一次回到过去之后，发生变化的不仅仅是电子备忘本，其他的方面也都变了。我别无他法，只能硬着头皮做下去。可是我的进度相当缓慢，眼看快到天亮的时候，连电子备忘本的一半都还没有完成。然后，不知道在什么时候，我一个不小心，打了两三秒钟的瞌睡——其实那时我并没有打算睡觉，只是眼睛刚刚闭了一下，大脑就跟着停了下来，实际上我连睡觉的感觉都没有感觉到，但等我再次睁开眼睛的时候，自己就已经坐在公园的长凳上了。

明亮的阳光照耀着我。我往四周看了看，认出这里是大学附近的一个公园。公园里的人不是很多，几个大人带着自己的孩子坐在草地上。我看看手表，时间是六月二十日上午，这时候正是会议召开的时候，我应该在会议召开的途中跑出来了。所以，我终于还是演讲失败了。我甚至可以想象到当时的情况：我忐忑不安地开始了演讲，然后注意到了电子备忘本，于是就很安心地一直讲下去；但讲到一半的时候，电子备忘本突然没有反应了——实际上不是电子备忘本没有反应，而是后面的内容本来就没有输入，这一下我受到的打击甚至比从一开始就没有电子备忘本的时候更大，所以只有突然中断演讲，逃出会场，来到公园里。在这里的椅子上，我闭上眼睛，又一次睡着了。

从那时候开始，我每天晚上都要进入时间旅行之中。在六月二十日之后的日子醒来的时候，基本上会有两种状态，一种是演讲成功的状态，另一种是演讲失败的状态。

早上起床，发现是前一种状态的时候，我就会长长出一口气，一整天都浑身乏力，没有心思做任何事情，到夜晚临近的时候，又开始害怕明天说不定是噩梦的世界，最后怀着不安和苦闷昏昏睡去。

发现是后一种状态的时候，我会立刻在抽屉里翻找安眠药，运气好的话可以直接找到，运气不好找不到的话，我就直接去大学里拿一些回来，拿的时候我还特意多拿一些，预备着给以后日子的我使用。拿到安眠药以后，我直接就着威士忌把药吃下去，强迫自己进入昏睡状态，进入到新的时间旅行之中。

当然，前一种的状态也好，后一种状态也好，只要不退回到六月二十日之前，情况就不会发生变化。也就是说，如果演讲成功的话，一直都会是成功的状态；如果演讲失败的话，也一直都会是失败的状态。但是一旦退回到六月二十日以前，那么演讲成功与否又会重新变得不确定起来。

如果我在六月二十日之前醒来，就会立刻赶往大学，去看光盘里的内容。然后如果光盘里没有电子备忘本，或者电子备忘本的内容不完整，我就会慌忙开始制作电子备忘本。有时候我醒过来的时候离六月二十日还有不少日子，连演讲稿都还没有准备，我就会开始制作演讲稿。

有时候花费了一整天的时间做演讲稿，而且做得头昏眼花，忍不住就眯了一下眼睛，结果醒过来的时候就发现又回到前一天去了，这样前面一整天的努力也就等于完全白费了。可是即使有这种事情，我还是不得不一次又一次地做讲稿，不然演讲失败的可能性就会很大很大。

偶尔也会遇到恰好在演讲当天醒过来的事情。这时候会有三种情况，一种是光盘里有完整的电子备忘本，一种是有不完整的电子备忘本，还有就是完全没有电子备忘本。不过好在不管有没有电子备忘本，我都大致能够顺利把演讲进行下去，因为毕竟内容都记在我的脑子里了。可是也有演讲内容发生巨大变化的时候，或者我自己太过疲惫的时候，于是演讲也会随之而失败。在这种时候我就会中断演讲，直接冲回家去吃安眠药。

这种日子虽然过得很痛苦，不过，我还没有完全绝望。

还有最后一个希望。

这样的日子我过了几十天——不，不是，应该是过了几百天之后，我终于再一次来到了五月十四日。

这一天，就是我的希望之日。

我断然拒绝了你的提案——就是使用立体定向放射治疗仪破坏大脑的特定区域，把自己从时间的束缚中解放出来的提案。

"为什么？"你好像都不敢相信自己的耳朵，"为什么你不同意？难道你不想救手儿奈了吗？"

"这种做法太危险了。"我走在夜间的小路上，尽力编造一个合理的理由。

"危险不危险，不去试试看又怎么知道！？"

"如果试过而失败了，那你就算知道了危险又有什么用！"我争辩道，"你敢肯定自己的理论一定就没有缺陷吗？"

"当然没有！"

"你确信？那你告诉我，失去时间知觉是不是一定会导致在时间中逆行？"

"……当然不一定是在时间中逆行。"你略微沉思了一下说，"不过，如果真的完全失去了自身对时间的控制能力，那么肯定会有时往前进，有时往后退，不管怎么说，总会有机会回到手儿奈还活着的时候。”

“你的话说起来容易啊……好，退一万步说，你可以在时间中逆行，那么你又打算如何在倒流的时间中生存呢？”我一点一点地诱使你去考虑时间逆行状态下的种种情况。这时候的你还不知道在对大脑动过手术之后不会产生单纯的时间逆行，所以我应该多描述一些恶心的场面，也许有可能会把你说服的。“你打算吃饭的时候从嘴里吐出已经嚼碎的食物，然后看着它们自动在碗里排成原来的样子吗？你打算在刷牙的时候把水池里的漱口水吸到嘴里，然后看着泡沫重新变成牙膏，再把变干净的水吐回到杯子里去吗？你打算在上厕所的时候让粪便跳回到肛门里吗？你打算感冒的时候从垃圾箱里拿出沾着鼻涕的纸擦鼻子吗？”

“这又怎么样？你描述得虽然恶心，但那只不过是你日常生活的错觉罢了。如果真的在时间之中逆行了，那什么恶心都不会感觉到了。”

“那和别人的交流怎么办？所有的话都是倒着的，你能听懂吗？是不是打算把别人的话先录下来，然后再倒着放？”

“这不过只是习惯问题，听多了就好了。就和学外语是一样的。”

“问题没你想的那么简单。生活在正常时间中的人和生活在逆行时间中的你，几乎根本没办法对话。举个例子：一般情况下，对方先提问，然后你回答；现在则是你要在对方还没问出问题之前就把答案说出来，这可能吗？”

你沉默了一会儿，牙齿轻轻咬着嘴唇，然后慢慢地说：“应该是不可能的……不过，这也并不算是什么大问题。”

“为什么？”

“和我说话的人，十有八九会认为我的精神不正常，不过这也是要在和我谈话之后了。但是对于我来说，他们的谈话之后其实是我的谈话之前，那么这对我又有什么影响呢？”

我自己开始的这个讨论，居然把我自己也弄得思维混乱了。讨论这种自己都没有经验的事情，真是讨论得越来越奇怪了。看来，还是说说自己的经验比较好。我这么想着，说：“你认为在对大脑处理过之后还能保持时间的连续性吗？说不定你想错了呢？说不定你会突然跳到多天前的过去，或者跳到多天后的未来呢？也说不定你做了一半的事情突然就全都没有了，需要重新开始做呢？这些情况你都考虑过没有呢？”

你突然抬起头，盯着我的眼睛看了半晌。

“我想，没有任何理由认为时间不是连续体。你为什么会那么说？”

糟糕，你起疑心了。

“难道说，你认为时间不是连续体？”你的声音里带着一点儿震惊，“难道你已经知道时间不是连续体了？”

每一次我都不得不叹服于你敏锐的观察力。不过这一次我事先已经有了准备。你刚刚从地上捡起一块石头，我就已经从口袋里拿出喷了麻醉剂的手帕，捂在你的脸上，等你昏过去以后，我把你送到了医院。在医院里我对医生撒谎说，你不知道什么原因突然尖叫起来，然后就昏了过去。值班医生做了简单的检查以后，把你送到了病房里。我知道，今天晚上十之八九是不会给你做药物反应检查的，而到了明天的话，麻醉药的痕迹早就检测不出来了。当然，你肯定会说些什么东西，不过医生大概都会认为你是神经错乱，不可能相信你的话。即便你声称自己没问题，早早出院的话，我也觉得自己还是有办法对付你的。

其实，我今天根本没有说服你的必要，直接把你当成疯子，不管你说什么都不理你就行了。只不过，我到底还是希望自己能够说服你，让你彻底死心罢了。我曾经为了能独占神的能力而把你当作是自己的障碍，但是现在，我已经知道那种能力其实只是虚幻的，也知道自己能做的和不能做的事情，所以不想让你陷入同样的痛苦之中。

但是，我最后还是没有成功。我说服不了你。这样也好。你这家伙要是再陷入时间混乱的境地，可就没有我的责任了。我已经尽力做了我能做的事情，没办法做得更多了。

我这么想着，努力为自己的行为找一个正当的理由。

无论如何，我已经避免了自己的脑部手术。今天晚上，我终于可以从几百次的轮回中解脱出来，安心地睡一个觉了。

我再一次醒来的时候，时间回到了一周之前。

我看到手表上的日期的时候，忍不住大声尖叫了起来。妻子听到声音，慌慌张张地跑上楼来。

“你怎么了？”

“今天是几号？今天到底是几号？求求你，不要跟我开玩笑了，不要再骗我说是五月七号了！”

“哎呀，什么事情啊？开玩笑的是你吧？我从来没骗过你……不过，今天确实是五月七号啊。”

我又一次尖叫起来。

那么，即使不对大脑动手术也是没有用的了。我永远、永远具有时间旅行的能力了。我不知道为什么会变成现在这个样子。也许，大脑和精神是不同的东西。也许，并不是大脑在感知时间，而是精神在感知时间。破坏了大脑的一部分，就同时破坏了精神的一部分。当我回到处理之前的时候，精神可以重新寄存到未被破坏的大脑上，但是已经破坏了的精神却无法再寄存回去了。这就好比录像带和录像带上所记录的内容的关系。如果有一盘录制着节目的录像带，其中恰好有一部分被损坏了，那么这一部分上录制的节目也就同样被破坏了。假如说现在有一个人想看这部分节目，但是看不了，他认为这是由于录像带被损坏了，所以就准备了一盘新的录像带，然后将节目从原来被损坏的录像带里复制出来，以为这样就可以看到完整的节目——但是实际上，录像带被损坏的时候，节目的内容就已经无法再恢复完整了，即使换用新的完整的录像带，也不会有任何帮助了。我现在可能也是同样的情况。我以为自己的大脑恢复完整之后就可以摆脱噩梦一样的命运，但实际上我精神的损伤已经无法再修复了……当然，这种解释到底是否正确，我并不知道。我只是就我自己所能理解的东西，对我自己经历的这份苦难做一个解释罢了。

总而言之，我继续在时间中跳跃。

每一天，我不停地准备着自己的演讲，不停地后悔，不停地吃安眠药，不停地乱发脾气，不停地对妻子怒吼，不停地在演讲中失败，不停地称病不去演讲，不停地哭泣，不停地在演讲中成功，不停地向神明祈求，不停地从最初的准备开始新的一次轮回，不停地绝望下去……

然后，在我经过了数年的主观时间之后，更大跨度的时间跳跃开始了。

我起先的时间跳跃大体只是在几天到几个月的范围，但是数千次之后，跳跃的范围拉长到了从几年到几十年的范围。然而最初开始大跳跃的时候，我还完全对此一无所知。

我睁开眼睛，发现自己回到了高中生的时代。一开始我还以为这是梦，可是随着时间一点一点过去，现实感越来越强烈，最后不得不相信这是事实了。我置身于过去自己的房间里，桌上的参考书和习题集堆积如山，随便打开其中的一本，一股熟悉的味道便扑面而来，以往那些苦涩而又难忘的日子都在一瞬间苏醒了过来，而且苏醒的不仅仅是我头脑中的日子，整个现实也将我的人裹挟着一起回到了那个时刻。有那么一会儿，我想到自己可以从未来地狱一样的岁月里解脱出来，不禁沉浸在巨大的喜悦之中，然而接着我又想到这个时代也绝非幸福的时代，自己的情绪便又低落了下来。

我走出房间，去到餐厅里吃早饭。我下意识地期望着能够看到妻子的身影，但是迎面看见的却是正在读着报纸的父亲，和一边看着电视一边准备早饭的母亲。对。就是我已经过世的双亲。

那一刹那，我的心里并没有一点点对亲情的怀念，只有恐惧。巨大的、无边的恐惧。仅仅是与过世者的目光相对，就已经是相当恐怖的事情了。

“哎，丈夫，干吗傻站在那边？”父亲放下报纸，抬起头来看着我说。

“怎么了？”母亲回过头问。

“啊，不知道，丈夫好像看到什么古怪的东西，脸上的表情很奇怪。”

“丈夫，你怎么了？”

我抬起头，然后就感觉一阵天旋地转，忍不住伸手扶住了桌子。

“怎么了？学习太累了？”

——的确，如果意识回到了少年时代，我的父母确实应该是活着的。

“学习虽然很重要，太过于用功了也不好，身体会搞坏的。学习得差不多就行了。”

——在我的主观意识里，他们都已经死了很久了。

“但是，丈夫今年要高考了，稍微加把劲也是应该的吧。”

——只要变换了主观和客观的视角，死了的东西也可以活过来吗？

“可是如果生病的话，就什么都谈不上了。”

——我知道他们绝对、绝对已经死了。

“一天不睡觉也不至于会生病吧。”

——父亲是在我二十岁的时候过世的，母亲是在我二十五岁的时候过世的。

“就算不生病，太疲劳了也不好。”

——在火葬场，我亲眼见到了他们的骨灰。

“我在丈夫这个年纪的时候一天睡四个小时，什么病都没有。”

——他们的死亡就这么简单地被颠覆了吗？

“丈夫的身体可不像你那时候那么结实。”

——我一直都认为死亡是无可回避、无法撤销的。

“不管怎么说，坚持到一月份就结束了。”

——死亡是不分善恶、超越善恶的。它是宇宙间绝对平等的法则，是一切理论的基础。

“是啊，不过还有第二志愿呢，还要多一个星期。”

——这个法则就在我眼前覆灭了。

“只有拼命才行啊。”

——只不过对大脑动了一点儿手术而已。

“只是今年一年，坚持一下就过去了。”

——颠覆死亡居然就是这么容易的事情。

“所以就算有再大的困难也不能放弃。”

我再也忍受不了了，向门外飞奔而去。

“喂，丈夫！”

我飞奔着跑出家的时候，迎面正开来一辆大卡车，我刹不住脚，一下子撞了上去。

再一次睁开眼睛，时间又往回退了三天。

我根本没有为考试专门复习过。而且，我成功考入平成大学的事件也已经非实在化了。难道说我还要从现在开始专门为了考试再从头学习吗？可就算学习了又有什么意义？参加考试的我不一定就是具有学习意识的我，况且就算学习好了，考试通过了又能如何？只要再一次回到过去，所有的事件都会被重新非实在化了。所以还不如全都不去学的好。

在我这么决定以后，我又有许多次跳跃到了考试结果发布之后的日子。但是和考试合格的结果比起来，考试不合格的次数要多得多。我想，之所以会如此，还是因为我一点都没有学习的缘故吧。即使偶尔考试合格了，我也不再是平成大学的医学部的教授，这就像是建筑在考试那一点之上的我的人生轨迹都完全改变了一样。确实，当我回到过去的时候，那一点之后的日子应该都幻化成了无边无际的波函数的海洋，无数种非实在化的可能性重新叠加在一起了。

啊，所有努力都是徒劳无益的，不管怎样的努力都不过是浪费而已。我就在这样的境况下，身心俱疲，放弃了一切希望。然后，又有了更大跨度的时间跳跃。

在那以后的事情没必要再细说了，无非都是那些无聊而又漫长的故事罢了。我流浪于自身的各个时代之中，并且情况愈来愈恶化。从婴儿到老年的整个人生阶段我都体验过了，甚至还有胎儿期的经历。啊，令人恐怖的胎儿期！在那个时期，我只能看见外面透进来的一点模模糊糊的光线，我的四周也时刻回荡着含混不清的声音。你能理解那样的痛苦吗？人们都喜欢说自己希望回归到胎儿的状态，可他们何曾真正理解胎儿期的恐怖与痛苦呢？可是从另一方面来说，人生之中又哪里有比胎儿期更好的时期呢？

我的双亲是资本家。这是因为在我出生以前波函数重新发散，而在我出生以后波函数又因我的观察而坍缩到目前状态的缘故。

在这个新的人生中，我从不知道客观上的昨天的事情——对于其他人来说，这就是记忆障碍了，所以我很难找到一份稳定的工作，只能依靠变卖土地、股票、家具之类的东西勉强糊口。我一直担心什么时候这些东西都会被耗空，可是资产并不会跟着我一起跳跃，所以即使我担心也完全无能为力。幸好，虽然我每次醒过来的时候都会发现资产有所变化，但是终究还没遇到过资产全部耗光的悲惨局面。

虽然不去工作也可以在社会上生存，但是我也不能把自己和其他人的联系完全切断。只是对于一个没有记忆的人来说，和他人交往实在是相当困难，所以我每天睡觉前必然要把一天的事情写到日记里去，以便让明天的我了解今天发生的事情，就像给明天的我写的书信一样。而当我早上醒来的时候，第一件事也必然是找到日记本，读一下昨天的我所写的内容，好确定今天自己该做的事情。不过，数十年的日记积累下来，那个记录实在是太庞大了，所以实际上我也只是读一读最近几个月的记载而已。尽管如此，每天读这些记录也实在是相当累人。除此之外，每天要记录的事件也是要区分的，毕竟不可能把每天发生的每一件事情都记下来。不过，即便我做了这样的努力，可在别人的眼里，我恐怕仍旧扮演不出正常人的样子。

不管怎么说，最难办的还是孩童时代。小孩儿会把每天眼睛里看到的东西不分重点地记录下来，所以每逢这个时候，我只能先把前一天的记录读一遍，然后把原来的内容总结成很短的文字重新写下来，再把原来的扔掉。可是由于原先就缺乏重点，所以这样做常常会导致丢失相当多的重要信息，于是我的行动也就难免会变得和昨天不一致，而问题也就随之而来，特别是我的父母常常会为此而感到悲伤，甚至认为我的大脑有问题，所以我也曾经遇到过住进精神病院的实在化状态。不过，算是不幸中的万幸吧，我还没有碰到比这更糟糕的事情。

然而，我早已经厌倦了这种在时间中漂泊的日子了。我不知道为此自杀过多少回，只是最近已经不这么做了。最初的时候，我试过吃安眠药，也试过上吊自杀，可一旦意识消失，我就会在另一个日子清醒过来。后来我也试过卧轨，也试过直接枪击自己的头部，然而结果还是一样的。在我死亡的同时，意识的跳跃也就开始了。不过很显然，在那些我自杀了的情况下，我的意识从来不会跳跃到未来的日子里去。因为从我自杀的时刻开始，往后的人生都已经不存在了，当然也就只能往过去跳跃了；但是一旦我跳跃到过去，那么我的死亡也就再次成为非实在化的状态，我的人生也就再一次以波函数发散的状态非实在化地复活了。

就是这样。在我主观的意识当中，我就这么数百年、数千年、数万年地生存下去，但是什么都不会残留下来。连无边无际的绝望都在枯萎、凋谢。

对了，最近我一直在想着手儿奈的事情。回顾她最初的一言一行，我总觉得她好像真的了解所有将要发生的事情一样。她到底是什么人？她为什么会知道所有的事情？也许，在我经历的如此漫长的时间里，我头脑中关于手儿奈的记忆一直都在悄悄发生变化——换句话说，是我无意识地调整着自己关于她的记忆——以至于我会产生出错觉，认为她是无所不知的了吗？不，应该不是那样。因为我的主观意识是把手儿奈当作我的恋人，如果我会调整关于她的记忆，那也应该是向着美化她的方向调整。然而她的那种表现即使在今天的我看来，也是相当奇怪的，所以，应该不是我无意识调整的结果。那么手儿奈究竟是什么人呢？

我不知道。

小竹田的话讲完了。

我浑身都是冷汗，汗水浸湿了我的衬衫，黏黏地贴在背上，很难受。

“你说的这些东西，都是你写的科幻小说吧？或者应该说……是恐怖小说？”

“你确实没有必要相信我说的话。只不过是你要求我说出真实的故事，所以我就把真实的故事告诉了你。”

“如果你说的确实都是真实的故事，那么你今天算是真的遇到一个可以理解你故事的人了。”我伸手指着小竹田。当然，我这么说并不意味着我相信了他的故事；而是说，我看得出来，他确实相信他自己的这个故事。

“这种说法对我来说没有任何意义。当我睡一觉再次醒来之后，又会处于另一个完全不同的时间和完全不同的地方。”小竹田面无表情地说，“在那个时间、那个地方，你仍然是对我一无所知的。当然，我也可以把今天对你说的内容再和那时的你说一遍，但那仍然是毫无意义的。结果不会有任何不同。”

我整理了一下自己的思路。

“唔，在你的主观世界里，情况确实应该是这样。但是我的主观世界明显和你的不同。我即使在一觉睡醒之后仍然会记得今天晚上发生的事情。所以，如果你能告诉我你的住址，我可以去你家里拜访你，这样说不定会对你有所帮助。”

“没有用的。我不可能从我的主观世界里逃脱。你只能帮助那个你的主观世界里的我，但对于我的主观世界中的我来说，什么作用也没有。”

这个男子应该不是在说谎，这一点从他的表情和话语里就可以推测出来。但是，没有说谎并不等于他说的就是事实。也许这个男子说的都是他自己臆想的东西。而如果这确实是他自己臆想出来的话，那我倒是有可能帮助他摆脱这种臆想状态。

“有一个谜团，你一直都没有解开。”

“当然。因为时间有限，我不可能把所有的谜团都解释清楚。而且有些东西我自己都没有弄明白。不过没关系，有什么谜团不妨问问看，我会尽力试着解释的。”

“这个谜团就是，我和你两个人都接受了脑部的处理——”

“不错。”小竹田回答道。

“那么，我们两个人都具有了时间旅行的能力——”

“不错。”

“你对时间旅行已经有过实际的体验，所以我也应当有过同样的体验。”我继续说着，“但是，小竹田先生，你曾经退回到脑部处理之前的时间，这样一来，你和我的脑部处理事件也就重新非实在化了，于是下面的未来就有了四种可能性：两个人都接受处理的未来；只有我一个人接受处理的未来；只有你一个人接受处理的未来；我们两人都没有接受处理的未来。所有这些未来，都是以平等的非实在化的可能性存在着的。”

“是的。”

“而你实际上所经历的是第三种未来，也就是说，是只有你一个人接受处理的未来实在化了，而其他的未来也就在同时被消灭了。这样，我也就不再具有时间旅行的能力了。”

小竹田默然点头。

“在这以后，你又曾经退回到了接受处理之前的时间去，于是你一个人接受处理的未来再一次非实在化了。但是，你却依旧具有时间旅行的能力。为什么会这样？”

“这个问题我刚刚应该已经解释过了。”

“不，我问的并不是你为什么会继续保持时间旅行的能力。我问的是，为什么我没能继续保持时间旅行的能力。如果你可以继续保持进行时间旅行的能力，那么我也应该可以才对。”

我觉得自己已经驳倒了对手，心里暗自得意起来。然而小竹田只是面无表情地反问道：“血沼先生，你不能进行时间旅行的说法，是在和我撒谎吗？”

我在心里自问自答：我能进行时间旅行吗？绝对不可能！

“当然没有。”

“嗯，果然如此。其实，对于你的问题，有许多种可能的解释，只不过我也不知道哪个才是真实的答案。在这之中，所谓‘你其实具有时间旅行的能力，只是向我撒谎说你没有’，也是其中的一种可能。不过这个可能已经被你否定了。”

“那么其他的解释呢？”

“根据波函数坍缩时的状态考虑，”小竹田摆出一副旁观者的样子，就事论事一般地说，“在我的主观世界里，我的意识具有能够令波函数坍缩的力量，但它本身却独立于波函数。当我将我们两人都没有接受脑部处理的未来实在化的时候，我的意识依旧保持着处理过的状态，所以尽管这是一个新的实在化的世界，我却可以依旧保持时间旅行的能力。但在另一方面，你的意识只在你自己的主观世界里独立，所以当我回到未处理前的主观世界的时候，你的意识也就跟着返回到未处理前的状态，于是当新的未来实在化的时候，你的意识也就重新确定为未处理的状态了。”

“如果这么解释的话，那么我前面的那个具有时间旅行能力的意识去了哪里？”

“大概是被消灭了。”

“我不喜欢这种说法……”我自言自语地说，“这种说法对现在生存在这个世界里的我并没有什么损害，可听上去还是让我不寒而栗啊。”

“还有其他的解释。比如说，我们可以认为，针对一种主观意识，就存在一个平行世界。这样考虑的话，具有时间旅行能力的你就不是被消灭，而是存在于另一个平行世界当中。当然，在那个世界里，你说不定也像我一样孤独。”

“这也不是很美妙的场景吧？”

“那么，血沼先生，还有这样的解释，”小竹田微微停顿了一下，吸了一口气，“也就是所谓的‘你从来就不具有时间旅行的能力’。”

我费了这么大的力气，终于让这个男子开始认识到自己的荒谬了吗？

“换句话说，血沼先生你，”小竹田指着我的脸，“给我设了个圈套。”

“什么意思？”

“是这个意思：因为你很清楚大脑处理的结果，所以你只是假装接受了处理，而只有我的大脑才是真正被处理的。”

“你怎么会这么想？”我吃了一惊。

“因为只有这个方法才可以救回手儿奈，但是一旦接受处理，人就会永远迷失在时间的旋涡之中。你不想让自己承担这个后果，于是就选中我来做这个牺牲品。”

“怎……怎么可能……”

“一开始的时候你是用自己编写的程序来对自己的大脑进行处理，很显然，作假是很容易的，”小竹田紧盯着我的眼睛，“所以只有我一个人接受了真正的处理。第二天，你又和我谈了话，知道我是从六月二十日回来的，所以你就一直等到那一天，然后装出一副你也可以时间旅行的样子，好好地对我演了一出戏。”

“……”

是这样的吗？我真是那么卑劣的人吗？

小竹田忽然轻笑了起来。“血沼先生，你不用自责。就算这些都是事实，我今天在这里也并没有责怪你的意思。今天的你和当初的那个你根本就不是同一个人，所以对于我的这个解释，你不用太在意。况且，这个解释基本上也是不成立的。”

“嗯？”

“首先，如果真如我说的那样，那么你的演技也未免太好了。我在第一次跳跃的时候会跳到什么时间完全是随机的，而第二次的跳跃能回到接受处理的第二天也是相当偶然的事情。一般来说，在五月十五日我们又一次会面之前，我就应该经历了几百次时间跳跃了。在那种情况下，你要想表演得天衣无缝，根本就是不可能的事情。另外，从你那种无比狂热的态度来看，只要是对手儿奈有帮助的事情，你就会不顾一切地去做，根本不会去考虑自己的处境。会不会永远迷失在时间之中，对狂热的你来说又算得了什么？更何况，你本来就不太信任我，你一直认为我很可能会放弃努力，不去拯救手儿奈——”说到这里，小竹田微微顿了一下，然后才接下去说，“无论如何，还有其他的解释。也许可以说，你仍旧具有时间旅行的能力。”

“不，这是不可能的解释。”

“为什么说不可能？”

“你生活在一个不断变幻的现实之中——这是你一直坚持的说法。”我说道，“对于具有了时间旅行能力的你来说，所谓‘实在’之类的东西已经是不存在的了。但是，我的世界仍旧是实在的世界，和不断变幻的非实在没有一点儿关系，所以我显然并没有任何时间旅行的能力。”

“原来你是这样想的呀。”小竹田轻笑着，“可是所谓的‘实在’，到底是你所处的现实，还是仅仅是你头脑中的想象呢？”

这家伙说什么啊？我所处的现实分明就是确定无误的实在，从来也没有突然变化到我预料之外的地方……等一等，真的是这样吗？

“怎么样，血沼先生？”小竹田把双手抱在自己的头后面，“首先要澄清一点，所谓‘时间旅行’，其实并不是一种能力，而是缺乏某些能力。就我来说，是因为我丧失了‘时间的认知能力’、‘时间的控制能力’、‘阻止波函数再发散的能力’，还有其他各种各样的能力，才会表现出具有时间旅行的能力。而对于你来说，十有八九你还具备着‘时间的认识能力’和‘时间的控制能力’——之所以这么说，是因为看起来你并没有像我一样因为时间的顺序问题而发狂——但是，你具备着‘阻止波函数再发散的能力’吗？比方说，今天的这条街，真的是你昨天看到的样子吗？常去的店铺的位置真的没有变化吗？昨天的公司和今天的公司是同样的吗？自称是你朋友的人当中不会突然多出你根本不认识的陌生人吗？”

“我不明白——算了，我也不想弄明白了。”我眼中的小竹田变得模糊起来，“能让我问个问题吗？”

“请问。”

“你救回手儿奈了吗？”

“这是个毫无意义的问题，”小竹田平静地回答道，“我和你，在那一天，在病院里，接受了对大脑的处理。那个处理就是原因。手儿奈就因为这一原因才得以存在，也才得以知道所有的一切，所以你的问题是无意义的——当然，我也是最近才想通这一点。”

“对不起，我不明白。”我反驳说，“这种说法怎么听都是很古怪的。根本就是自相矛盾。在你的故事里，是手儿奈的死导致了你我两人施行脑部的处理，所以手儿奈的死才是原因；而按照你现在说的话，分明是把因果关系弄反了。”

“客人，雨好像停了。”店员的声音从门口传来。

好吧，我也该回去了。和这个古怪的男子说了这么半天的话，搞得心情都有点不好了——啊，不过单纯作为谈话来说还是挺有趣的。至少能打发掉等雨停的这段无聊的时间。

“血沼先生，我果然还是不该和你说这些话的，”小竹田的声音听起来有些怪异，远远近近的，像是鬼魂发出的一样，“最终你还是不能理解。在你的头脑里，一直都认为，在我们身上发生的事情，在手儿奈身上发生的事情，还有其他所有一切事情之间都存在着因果关系——但这其实是毫无意义的。因果关系根本就是不存在的。

“我们的头脑仅仅具备有限的理解力，而世界的复杂度却远远超出我们的能力之外，于是在面对纷繁多变的世界的时候，为了防止我们的理智在无限的复杂度之前崩溃，我们的头脑自动设置了安全装置——这装置就是所谓的因果律。我们只有这样才能够理解世界，但我们所理解的世界却因此而只是真实世界反映在我们头脑中的幻象。可是无论如何，如果缺少了这种幻象，我们人类就无法生存下去。就算是我，虽然可以在时间中任意来去，但如果抛开时间的前后关系和因果联系，我也根本无法进行思考。除了这种限制之外，还有一重限制，那就是我不可能从自己的人生之中逃离，我不可能以这个小竹田丈夫之外的视角去看待任何一件事情。这是我的个体对我理解世界所施加的另一重限制。

“不过，我毕竟还是瞥见了那种超越因果关系的世界的真实面目，在那种世界里，个人已经不再局限于自己的个体之中，而是一种跨越了时间的存在——当然，这也只是在我所能理解的范围内产生的感觉。无论如何，那个世界中，所有的事物都并列存在于时间之中。诞生也好，死亡也好，都是同时存在的，相互之间根本没有任何因果关系。举例来说，就好像你的身体占据着三维空间的一定体积那样，在那个世界里，你也占据着时间中的一段。”

这家伙，到现在还在胡说八道。

“确实是很有趣的谈话。不过雨既然停了，我也该回去了。我们一起走怎么样？”我向小竹田说。

“血沼先生，这就是你抱有的幻想的一个例子，‘因为我听到了一个故事，所以说故事的人必然存在于现实之——’”

小竹田消失了。而且，不仅仅是人消失了，连他存在过的痕迹都消失得干干净净。小竹田面前桌子上的威士忌也消失了。仿佛我从来都只是一个人孤孤单单地坐在座位上。

我的视线绝没有从小竹田身上移开过。可是我却没有任何关于他消失的事件的记忆。小竹田与眼前的虚空之间找不到任何的关联。

一阵寒意袭上身来，只有头烫得像要烧起来一样。我仿佛感觉到小竹田的波函数正在穿越我的意识，并且在我身旁的事件与空间之中扩散。

向店里的人问一下看看吧。

“——刚刚和我说话的那个男子，你知道他去哪里了吗？”

“——咦，客人，一直都是你一个人在喝酒啊。”

如果带着这样的回答回家去，恐怕是不能安心的。当然，我也可以对这种回答一笑置之——店员说不定也和那个叫小竹田什么的男子是一伙的，故意对我搞恶作剧——我不敢再说话，沉默着走出了酒馆。

天上一轮明月。

以后还是别再来这家店了。啊，我今天到底是怎么了，竟然和一个不认识的男子说了这么久。对了，我到底和他说了多长时间呢？

我要看时间的时候，才注意到手表不在了。

奇怪，早上从家里出来的时候应该是戴在手上的。是忘在公司了吗？应该不会，因为这种事情以前从来没有过。看起来自己是把手表丢在酒馆里了，不过我可不想再回去找了。

我一边迷惑着，一边下到地铁车站里。月台上有不少人，看上去都是趁着雨停从酒馆里出来的人，不少都显得醉醺醺的。有些人似乎没意识到自己已经出了酒馆，打算招呼并不存在的服务生继续上酒，还有些人甚至像是想要拿着幻想中的麦克风继续唱歌的样子。我焦躁不安起来，这倒不是因为月台的喧哗，而是因为我忍受不了对那些人的羡慕。那些家伙不明白自己的幸运啊！大概他们的一生中从来都不会碰上遇到自己不认识的好友的事。但是我却碰上了。这可真是一件至死都忘不了的事情。不过，这件事情真的发生过吗？会不会是我喝醉之后的抑郁症作祟？对，我还是应该回到店里去找我的手表，就算找不到也没什么可怕的。说不定只是店员忽略了。说不定是丢在别的地方了。也说不定是被什么人偷偷拿走了。

不过，要是店员记不得我曾经去过酒馆的事情呢？

店员不可能把每一个客人都记住吧。

就算是刚刚离开的客人也记不住吗？

可能本来就是记性很差的家伙，也可能一下子想不起来了。

那么能不能把店里的所有店员都问问看呢？就算确实有个人记不住自己的事情的话，也不可能所有人都记不得吧。

不是自己接待的客人，不会多注意的。

如果酒馆都没有了呢？

——如果酒馆都没有了呢？

往回家方向开的地铁进入了站台。我站在打开的地铁车厢门前，全身僵直，动弹不得。

地铁门关上了，把我一个人就这样遗弃在月台上。

不知道过了多久，我终于慢慢地恢复了正常的呼吸。再然后，我开始缓慢地向着通往地面的楼梯走去。

酒馆真的会消失吗？其实，就算找不到，也不能说是酒馆消失了。因为我实在是个分不清方向的人，经常都会找不到想去的地方。

那么，如果，是我自己消失了呢？

我站住了。

我现在到底在想什么？我自己消失是什么意思？看起来，我到底还是醉得不轻了。是该赶快回家了。如果出站的话，又要重新买车票了。不回店里固然找不到手表，但回到店里也未必能找到吧。如果回去而又没找到的话，就等于经受手表和车票的双重损失了。可是，就这样回家的话，手表可就确实损失了。呀，这该是博弈论里的极小极大策略吧——也就是预先推测出最坏的情况，然后按照利益最大化——换句话说，就是损失最小化——的方式来行事的一种策略。在目前的情况下，“就这样回家”的做法应该就是损失极小、利益极大的策略了。

我乘上了下一班地铁。车厢里许多人醉得都无法坐在座位上。这个时间总是这样，就好像是第三个上下班高峰一样。

在拥挤的人群中，我恍恍惚惚地想着。从建立自己的家庭以来，已经过去多少年了？

每一天，走着同样的路线去公司，走着同样的路线回家，从来都没有一点变化。当然如此。这样简单的世界怎么会突然变化呢！我究竟是怎么了，竟然会开始相信那个古怪男子的话？难道只是因为那个男子的话里带着阴森诡异的气氛？

啊，已经到站了。不赶快回家的话，又要被老婆埋怨到头疼了。咦，为什么没有一个人下车？难道大家都在躲着我？我是非要在这里下车不可的。啊，终于下来了。自行车肯定被雨淋湿透了，很讨厌啊。又没有什么东西能把坐垫擦一下，屁股肯定要挨冻了。这楼梯真是长啊。已经筋疲力尽了。啊，终于看到出口了。咦？弄错了？我不应该在这一站下车的呀。我怎么会认为这是我平时下车的车站呢？到最后还是白白损失了车票钱。而且到底要到几点钟才会到家啊？

我下意识地抬起手看了看手表。

已经过了十二点。

突然之间，我惊起了鸡皮疙瘩。

怎么回事？我怎么会戴着手表？刚刚不是没有戴吗？难道那时候只是我的错觉？还是说，我在刚刚的什么时候已经去过店里把手表拿回来了？不可能，不可能，绝对不可能。真是怪事，怪事啊。好像有什么东西开始不对头了。从什么时候开始的？啊，对了。今天在店里的时候，我是和大家一起喝酒的。可是接下来，店里就只剩下我一个人了。

为什么？

因为下雨了，大家都坐出租车回去了，只剩下我一个人。所以才会和小竹田说话。

为什么会和小竹田说话？

因为是老朋友。

谁和谁是老朋友？

我和小竹田——不对不对，不是那样。我是今天才第一次见到那名男子，怎么能说他是老朋友啊？

这可真是从来都没体验过的一天啊。

看见自己家了。可是我应该是在相邻的一站下车的呀，一站路的距离，我就这样走过来了？或者是我自己在无意识的状态下又乘了一回地铁？

小竹田说，手儿奈是因为我们对自己的大脑进行过处理才会存在的。这个男的肯定是精神错乱了。非常明显，是由于手儿奈的死，才导致我们去处理自己的大脑。反过来根本说不通。呀，也不对，说来说去，并没有什么证据能证明我的大脑接受过那样的处理吧。不过今天我和小竹田的见面可以算作证据吗？叫小竹田的这个男人的存在算是证据吗？

我努力控制着自己快要发狂的大脑，挣扎着走回了家里。我在玄关呆呆地站了好一会儿，然后才听到旁边的妻子在说着什么。

“……回来晚的话，应该早点打个电话回来，不然家里人会很担心的。”

“下雨了啊。”

“下雨了？奇怪，这边一点都没下啊。不过就算下雨，也不能算是不打电话的理由吧？”

“遇上一个朋友。大学同学。”

“哦，什么人呀？”

“不能告诉你。”

“为什么？”

我没理会妻子的问话，径直向浴室走去。

“不能告诉我的人？”妻子缠着问，“女的？”

我没回答。

“不说我也知道！”妻子在我身后冷笑着。

第二天还是个雨天。

我打着伞向车站走去。一路走，一路注意着道路两旁的景象。

那边，昨天的时候是长着树的吗？怎么好像完全没有见过的样子？这个地方有一个凹坑吗？怎么会到现在才注意到？这一家的门口怎么这么气派？小学旁边什么时候有一块空地了？

从巷子里走出来的一名男子默默地向我微微鞠了一躬。

我认识这个男子吗？也许他只是条件反射地和我寒暄一下？为什么我不记得自己以前见过这个男子？是不是我自己一下子想不起来呢？我到底该不该回应他一下呢？

我也默默地向那个男子微微鞠了一躬。

那个男子脸上是什么表情？他对我的答礼感到奇怪？他到底是不是我认识的人？

我到车站了。

啊，车站的月台有这么宽吗？想不起来了。现在正在月台上等车的人里有我认识的人吗？还是一个我认识的人都没有？

我低低地垂下头，等着地铁。

不能抬头。说不定会和某个自己记不得的熟人的目光碰上。

地铁来了。我飞快地挤进了车厢里。车厢里很拥挤，一个空位都没有。一会儿工夫，地铁就开到了地面上。我看着窗外，街上的景色零零碎碎地跳入我的眼睛里。

这个地方有家杂货店。那个地方有块墓地。这些地方到底是我直到今天才注意到的，还是到昨天为止都没有存在的？哎呀，已经到站了吗？我要下车了。不过，真的该在这里下车吗？从这个车站能到公司吗？

我上班的公司就在车站前面那幢极高的大厦里吗？一直到昨天为止，我的公司是在那里面吗？好像是那样的吧。可是自己也不敢十分肯定。这位前台接待员和昨天的那个是同一个人吗？一直盯着看太不礼貌了，还是装作没事的样子偷偷看看——果然有一点儿不大一样的感觉。对了，我的办公室在几楼？五楼？六楼？嗯，是五楼，不会错的。啊，就是这里。这里就是公司的楼层了。走廊里正在走过来的是谁？那名男子是我的同事，还是我的上司？

我躲到走廊拐角的阴暗处。

“在干什么呢？”那个男子的声音好像是在哪里听到过的。

“啊，没……没什么。”我扭过头，背对着男子。

一定不能去看声音的主人。看了的话，说不定会发现是我完全不认识的人。如果真是那样，那我……那我……我会发疯的。

“能帮我个忙吗，血沼？”

我大叫起来。声音的主人认识我。但是，如果我回过头让他看见我的脸的话，说不定他会发现我的长相和他认识的那个血沼完全不一样。那他就会认为我是在故意骗他，说不定会狠狠地骂我一顿。我决不能让他看到我的脸。我继续尖叫着，一直到声音的主人胆怯地从我身边逃开为止。

从那一天开始，我便只走固定的道路上下班了。如果走固定道路以外的路线，我就会变得非常不安。休息日的时候，不管妻子怎么说，我都一整天关在家里不肯出门。我害怕出去之后会看到街道变得和以前不一样。当然，我也知道就算真的有变化，也不见得就会发生别的什么古怪的事情，毕竟有很多原因会引起变化，比如说道路施工、新建大楼之类，可即使我知道这些原因，仍然会很害怕。

上下班的路上有时候会和相识的人擦肩而过，但我从来都不敢停下来，因为我害怕他们实际上是我完全不认识的人。当然，就算真的不认识，也有可能是我自己认错了，可是这种解释对于我自己来说却也越来越没有说服力了。

我不敢与任何人对视。我不敢与任何人说话。我只敢与我自己说话。我构造自己的语言，我构造自己的世界。我要构造一个不会变化的、不会迷失自我的、无论何时都可以自言自语的世界。只有没有他人存在的世界，才是我可以安心生存的世界。为了这个目的，每一天我都决不去看多余的事物，决不去听多余的声音。我在无穷无尽的变化之中努力维持着自身世界的秩序。

是的。到了现在，我终于理解了那个叫小竹田的男子的话的意思。手儿奈是我们两个人悲剧的原因。时间被破坏了的世界就是因果律被破坏了的世界。原因和结果没有先后，没有区别。我们的悲剧作为原因，也就会引起手儿奈生存的结果。我们的世界就是手儿奈的一部分。呀，或许应该说，手儿奈才是我们的世界。这些也好，那些也好，都只是我的幻想，都是因为受到了只能认识因果律的头脑的限制而产生的扭曲。

我自己是不存在的。

世界是不存在的。

手儿奈同样是不存在的。

无边的恐惧攫住了我。我要从这种无边无际的恐惧中逃出来。我的指甲深深掐入我的身体。无法忍受的痛苦。我回到了我自己的世界。

我常常会被这样的生活弄得筋疲力尽。每到这个时候，我就会用尽可能小到即使妻子站在我身后都听不到的声音试着自问。

“我到底是什么？”

你是祭祀品。

“为什么人可以安定地生活？”

因为波函数可以坍缩。

“折磨我的是什么？”

是无法抗拒的命运。

“为什么人不能舍弃希望？”

因为波函数可以发散。

“你是谁？”

我是手儿奈。

玩具修理者

她白天总是戴着一副墨镜。

“你为什么总戴墨镜呢？”我终于忍不住问了她一句。

“并没有总戴啊，晚上一般都不戴的。”

现在是傍晚七点。夏天的太阳很晚才落山，耀眼的阳光依然透过窗玻璃照在咖啡厅里。连我们在内，这间咖啡厅一共只有五位客人。考虑到现在正是晚餐时间，这里的生意可以说是相当惨淡的。

“可至少白天的时候你总是会戴着墨镜，从没例外过，而且晚上你偶尔也会有戴着墨镜的时候，但是反过来说，白天不戴墨镜的时候可没有过，一次都没有过呢。”

“是事故啦。”

这个时候，女服务生刚好过来问我们要点些什么，于是谈话就停下了。天气很热，我点了一杯冰咖啡，但她却要了一杯热奶茶。

我看着女服务生走开，等到她听不见我们谈话的时候，再开始继续刚才的话题。

“呃，你刚刚说什么，是事故？”

“嗯，事故。”

“这我可是第一次听说啊，你以前怎么一直都没有告诉过我呢？”

“因为你从来没问过啊，而且又不是什么很大不了的事故。”

我觉得有点儿奇怪。确实有人为了掩饰事故留下的伤疤，会整天戴着墨镜。可如果只有白天才戴的话，那就有点儿说不通了。毕竟从一般的道理上讲，如果只在白天戴墨镜的话，通常应该是为了追求时髦，也可能是因为眼睛有疾病，再不然就是视神经过敏等等，总之不会是因为要掩饰伤疤……不过呢，也可能是因为伤疤不太明显，白天看得比较清楚，晚上就不太容易注意到，所以才会只在白天戴墨镜。可是，我也有过很多晚上和她亲近的机会，但是印象中好像没发现她脸上有什么伤疤。

“大概是什么时候发生的事故？”

“嗯，是我七八岁的时候——不对，说不定是更小时候的事情。”

“可是，从没听爸爸妈妈说起过啊。难道说，那件事是个秘密，对我来说？”

“不是秘密啦，只不过一共只有两个人知道罢了……从某种意义上说，大概也算是秘密吧，因为我从来没对别人说起过这件事。”

“那到底是为什么呢？”

一般来说，像她这种成年之后都不得不戴着墨镜的伤疤，父母应该不至于一直都没发现吧。我忽然好奇起来，想听听她详细说说那次事故了。

“因为说了你也不会信的。”

“信不信总要说说看吧，不说又怎么知道呢？”

她盯着我看了好一会儿，最后才像下定了决心一样，开口说：“小的时候，在我家附近，有一名玩具修理者。”

“呃？玩具修理者？你说的是那种专门修理坏玩具的人？”

“就是那个。附近的孩子们常常把坏掉的玩具拿过去修，不管什么样的玩具都能修好。”

“唔，居然还有那种生意。”

“不是生意哦，从来不收钱的。”

“哎，不收钱的？真是个古怪的人。可是，这名玩具修理者和你前面说的事故之间有什么关系呢？”

“你很烦呢！”她有点儿生气的样子，“你是不是打算不停打断我的话，不让我说下去？那样的话，我干脆不说好了。”

“啊，知道啦，知道啦，你继续说，你继续说，我尽量不插嘴还不行吗？只不过，偶尔问一下行不行呢？因为有的地方我真的很好奇。”

“除非是确实很有必要的地方，才允许你问……那个，刚刚说到哪里了？”

“刚刚说到玩具修理者……对了，这位玩具修理者没有名字吗？”

“尧古索托豪托夫。”她这么回答。

这个名字很奇怪。如果说是真名的话，至少可以肯定不是日本人的名字，也不像美国人的名字，中国人的名字也不太可能。

“是俄国人？”

“不知道，不过不大像俄国人。其实我也不大清楚到底是不是那人的名字。”

“什么意思？”

“因为从来没有听本人说起过自己的名字啦。那个名字完全是小孩子们猜的。据说有个小孩子——是个比那时候的我还要小的孩子——看到，玩具修理者一边修玩具一边说‘尧古索托豪托夫’，所以大家就管玩具修理者叫这个名字了。不过呢，也有其他的小孩子坚持认为听到的是‘古特修－路修’，而我自己听到的是‘努瓦伊艾伊路莱伊特豪泰普’。”

“什么啊，你们知不知道那些到底是不是名字啊？说不定因为他是外国人，而小孩子听到外语，总会觉得怪怪的吧。”

“那种事情也有可能哦，不过反正又不是什么重要的事，而且玩具修理者平时总是用日语和小孩子们说话的。”

“越说越糊涂了。那这个男的到底是哪里人啊？”

“哎，我说过那个人是男的吗？”

“呃？！是女的？”

“也不太清楚。”

“等一下，”我感觉自己真要被弄傻了，“换句话说，这个人的名字可能叫‘尧古索托豪托夫’，也有可能叫‘古特修－路修’，还可能叫别的什么；国籍不详，性别也不详——这就是你讲的玩具修理者？”

“正确！而且呢，年龄也不详哦。”

“什么呀！一定是因为你们都是些小孩子啦，如果是大人的话，至少能判断出性别和年龄的吧。”

“真的吗？可是，就算到了现在，要是再让我看见像那种样子的人，肯定还是判断不出来的。”

“那你就说说看，那个‘尧古索托豪托夫’到底是个什么样子的人呢？”

“那个人脸上什么特征都没有的，性别呀、年龄呀、人种呀，一点儿能让人推测的线索都没有。头发的颜色呢，唔，打个比方说，就像幼儿园的小朋友把所有蜡笔都涂到一张纸上混合起来的那种颜色。衣服也是拿各种各样的碎布缝起来的，样式很差劲，一点儿整体感都没有：说裤子不像裤子，说裙子不像裙子，不知道到底是什么。而且再仔细看的话，那其实连衣服都算不上，大概就是拿很多布头把身体裹起来。从布头里面伸出来的部分——也就是说手呀脚呀脸呀之类的部分，总是黏黏的样子，像是涂了厚厚的油脂一样。这个人很少说话，就算小孩子们拿着坏掉的玩具过来，最多也就是说上两三句话而已，不过他总能把玩具修好。”

“那么店里又是什么样子的呢？”

“没有店，我们都直接拿到玩具修理者家里——啊，不过，说不定只是我们自己把那个当作是玩具修理者的家呢。那是一间小屋子，位于两间没人住的房子中间。那个小屋子像是用许许多多大大小小五颜六色的石头堆起来的。小的石头只有米粒那么大，大的石头说不定要有大人的头那么大。那些石头就像木工做出来的木制品，全都很平滑很紧密地组合在一起。远看的时候，感觉像是一座砂石堆起来的小山；可近看的话，不知道为什么就有一点儿觉得像家的样子。”

“原来那个人不是无家可归的流浪汉啊。”

“如果玩具坏掉了，小孩子们就会拿到玩具修理者那里去。新的也好、旧的也好、简单的也好、复杂的也好、陀螺也好、风筝也好、竹蜻蜓也好、喷水枪也好、机器人也好、遥控车也好、游戏机也好、游戏卡也好，只要是坏了的玩具，不管什么东西都会拿过去修。”

“不会吧，真的全都能修好吗？”

“全都能修好哦！连游戏卡那样复杂的东西都能修好。”

说不定只是游戏卡的电池没电了，我想。说到底，玩具修理者大概只是一个心灵手巧的怪人，顶多比别人观察事物更仔细罢了。

“小孩子们把坏掉的玩具拿给玩具修理者去修的事情，对于大人来说可是秘密呢。因为如果让大人知道玩具坏了是会被骂的。可是有了玩具修理者就可以放心了，不管多贵的玩具坏了，都可以不用对大人们说，也不用偷偷拿零用钱去修理，交给玩具修理者就行了。”

女服务生把冰咖啡和热奶茶送了过来，我们都沉默了，一直到女服务生走开。这时候，我俩注意到太阳已经渐渐落下山去了，于是她微微笑着，用两只手慢慢把墨镜摘下来，露出一双眼睛，眼睛里的瞳仁无论什么时候都很美丽。

“那么，”我打破沉默说道，“到底什么时候才会说到你的事故啊？”

“你说什么哪！”她睁大眼睛瞪着我，“都是因为你的原因我才没说下去啊！不知道是谁说要管住自己的嘴巴，可是又不停地一个接着一个问题问我！”

“对不起，对不起啦，可是我觉得你说的话奇怪嘛。那么有没有人实际看到过玩具修理者修理玩具的情景啊？”

“看到过啊。首先呢，玩具修理者会把坏掉的玩具拆成一块一块的，就算是用胶水粘起来的部分也可以很干净地拆开——如果有两个以上的玩具，也是先把它们全部拆开——常常会拆出几十个、几百个部件，然后玩具修理者就会带着很满意的表情仔细观察这些部件，接着就开始发出古怪的叫声。”

“尧古索托豪托夫？”

“对啊，不过还有很多别的叫法。反正接下来玩具修理者就会把部件一个接一个地捡起来，再组合到一起。一个玩具装好以后，再开始装第二个。”

“可如果那样子安装，部件有可能会混到一起吧？”

“混到一起也没关系，反正玩具最后确实都能动起来。”

“这怎么可能？你在逗我玩吧！”我忍不住说，“好吧，关于玩具修理者就说到这里好了，赶快跟我说你的事故吧。”

“有一天天气非常热，下午两点的时候，气温差不多有四十度的样子。可就算是那么热的天气，我还是被迫要充当保姆，照顾我才十个月大的弟弟道雄。我就一直想不通，不知道这到底是哪个朝代遗留下来的规矩，为什么大一点儿的孩子一定要充当小孩子的保姆。可是爸爸妈妈都很严厉，根本连问一下都不允许。

“有一次，我背着道雄的时候，不小心把道雄的头撞到柱子上了，然后我就被狠狠地骂了一顿。妈妈抓着我的头发，一边说‘让你也尝尝道雄的痛苦’，一边把我的头往柱子上撞。那天晚上爸爸听说之后，还把我绑在自家的门柱上，直到第二天早上才把我放开。一整晚我的眼泪都在眼眶里打转，但是不敢哭出声。我不知道万一哭出声来还会受到什么样的惩罚，而且在无边无际的黑暗里，我一直到早上都不敢闭上眼睛。可越是盯着黑暗里看，越会看到不想看的、不能看的东西。另外，附近的野狗很多，有几十只轮番地跑过来嗅我身上的味道，实在让我害怕得不得了。

“因为以前发生过这样的事情，所以虽然天气很热，我也只有默不作声地背着道雄，到附近的店里去帮忙干活。那时候我在路上常常会遇到附近的小孩子们，但是我总是像逃跑一样急匆匆地躲开他们。有时候也会遇到他们拿着坏掉的玩具到玩具修理者那边去，但是我既没有玩具，也没有洋娃娃，所以对于我来说，其实和玩具修理者一点儿关系都没有。”

“等一下，”我打断她的话，“你刚刚说，你听到过玩具修理者的叫声。既然听到过叫声，那就应该有拿着玩具去修理的时候吧。”

“那一天，我遇到一个拖着一只死猫走过去的小孩儿，”她完全无视我的问题，自顾自地往下说，“我就问那个孩子，‘你为什么要拖着一只死猫啊？’

“她说：‘你问这个啊，这只猫是我爸爸给我买的。可是刚刚跟它玩的时候它把我抓伤了，我就狠狠踩了它一下，然后它就不会动了，所以现在把它拿到尧古索托豪托夫那边去修一下，不然爸爸发现了肯定会骂我。'

“我觉得这个孩子的想法好奇怪。说不定是因为她的年纪太小了，还分不清宠物和玩具的区别——或者不如干脆说，在他们那个年纪根本就搞不清楚生物和非生物有什么不同的地方，只有等大一点儿的时候，才会慢慢了解到那些有关自然的知识吧。

“小孩儿说完之后，就继续拖着死猫往玩具修理者的小屋那边走，而我则开始爬一座横穿国道的天桥。

“天气实在太热，大家都尽可能待在家里不出来，所以天桥上面一个人都没有。国道上的车也很少，很长时间才会开过去一辆。现在回想起来的话，说不定当时根本没有必要老老实实爬天桥，但是我那时候太小了，完全想不到那一点。

“天桥的台阶对于小孩子来说很陡，爬到一半的时候，我的身子就已经站不稳了，全身都是汗，像是泡在水里一样，道雄也哇哇哭个不停。我又恶心，又想吐，浑身发冷，已经爬不动了，可是回头我又想，如果我花的时间比需要的时间长，妈妈不知道要发火发成什么样子，所以我只有硬拖着自己的两条腿，一步一步地往上面爬——结果就在那个时候，我和道雄从台阶上滚了下来。”

听她说到这里，我情不自禁地紧紧握住了拳头，指甲几乎都要陷到肉里去了。

“有好长一段时间，我的身子动都动不了——其实不是动不了，应该是一开始完全昏过去了，等我清醒过来的时候，因为又惊又痛，身子根本动弹不得，然后我就突然感觉到脸上很疼很疼，于是试着伸手去摸，一摸，手上就沾满了黏糊糊的血，好像从额头到鼻子有一道严重的伤口，血滴滴答答的，天桥上不少地方都积了一摊摊的血。

“这时候我忽然想起来道雄没有哭，然后就发现他居然被我压在身子下面，一动都不动。我赶快跳起来，把他从背后放下来检查，但是他身上哪里都看不到出血的地方，可就是不会动了，完全都不动了，而且连呼吸都没有了。”

“等一下，”我开始冒冷汗了，“你是在开玩笑的吧？！”

“道雄死了。”她继续说着，“一开始，我想自己以后不用再照顾他了，就有一种如释重负的感觉，可是过了一会儿我突然想到如果父母知道了这件事情，不晓得会大发雷霆成什么样子，于是我又开始感觉到非常害怕。

“——能不能隐瞒道雄死掉的事情呢？假装道雄还活着？哄着死了的道雄，往他的嘴里喂牛奶会怎么样呢？说不定我还可以帮他洗澡……对，我还能练习腹语术，再在道雄背上开个洞，把手从那里面伸进去，就可以时不时地让他动一动，那样的话就不会露馅儿了！可是，如果真的这么假装的话，又到底要假装到什么时候呢？道雄虽然现在还是个婴儿，可是他会长大的呀，怎么办才好呢？也许每天把他的身体拉长一点就可以蒙混过去了？可是接下来道雄又要去上幼儿园了，我不能跟着他到幼儿园去啊……也许我可以把道雄的身子掏空，自己钻进去假扮成道雄行不行呢？可那时候我说不定也比现在长得更大，如果钻不进去该怎么办？而且女孩子和男孩子根本不一样的呀，怎么能蒙混过去呢？还有，要是什么时候道雄结婚的话，我又怎么能和女人结婚呢？行不通的呀。

“我一边胡思乱想，一边背着死了的道雄，摇摇晃晃漫无目的地往前走。要是有人看见我那副样子，肯定会毛骨悚然，不过当时并没有行人，偶尔过去的汽车速度又都很快，根本没有注意到我们。

“两个小时过去了，天气还是一样的热，道雄渐渐开始发出臭味，脸上的颜色也渐渐变黑，根本没办法再假装他还活着。他的舌头也垂到外面来了，眼睛呀、耳朵呀、鼻子呀，都有汁液一滴一滴滴下来。而我身上的伤口这边，血虽然渐渐止住了，但也发出和道雄身上一样的臭味——就在那个时候，我头脑里突然跳出来一个很好的主意。”

“玩具修理者？”我一边用衣服袖子擦着冷汗一边问，“就像对那只死猫一样？”

“没错，我要把道雄拿到玩具修理者那边去。虽然不敢说他一定会修，但是我一直都听说过玩具修理者的名声，知道他不管什么样的玩具都能修好，所以，如果我能好好骗骗玩具修理者，把道雄说成是个玩具，就可以让他帮我修理了。

“我摇摇晃晃地向玩具修理者的小屋那边走过去，但是我又不是很清楚那个小屋到底在什么地方，所以只能一边回想着平时和朋友们说的话，一边一个巷子一个巷子慢慢找过去。

“不巧的是，在其中一个巷子里，我遇上了一个认识的阿姨。那个阿姨和妈妈的关系很好，可是每次妈妈不在的时候，又总会向我打探一些爸爸妈妈的事情，反正我不太喜欢她。

“那个阿姨从对面走过来，我想尽可能离她远一点，但是巷子太窄了，无论如何都会从她身边擦过去。如果让她发现是我就麻烦了，可如果刻意躲开很远的话又显得不自然，反而会引起她的注意，所以我就摆出一副若无其事悠闲自得的样子慢慢走过去……

“可是，那个阿姨注意到我了。

“‘咦，带着道雄一起出门啊？还走了这么远，你要去哪里呀？’

“因为我的左脸从额头一直到鼻子的伤口看上去很吓人，所以我用头发把左边的半边脸遮了起来。阿姨离我还有一点距离，大概暂时还不会看出来，可她正一边说话一边朝我这里走呢。

“‘咦，你脸上沾着什么东西？’

“我慌慌张张地捂住脸，往后退了一步。

“‘唔……没什么，有块泥巴粘在上面。’

“‘道雄睡着了？怎么觉得他的脸看上去有点黑，没事吧？’

“正在那时候，有个什么东西从我捂着脸的手指缝中间掉到地上了。

“‘那是什么？！’阿姨好像很好奇的样子。

“那是我脸上的肉。

“‘是泥巴啦。’我立刻回答说。

“可那个东西红得发黑，看上去一点都不像泥巴。阿姨脸上带着怀疑的表情凑过来。

“该怎么逃离这个困境呢？

“‘哎呀！！’我死命叫喊起来，‘有个阿姨在干变态的事情啊！！’

“阿姨瞪起眼睛，嘴巴张得老大地看着我，看了一会儿之后，她又突然像反应过来了似的，往周围看了一下就飞快地跑开了，跑开的时候丢下一句话，‘给我记住，你这个变态的丫头！’

“阿姨走远了以后，我也往周围看了一圈。刚才那样子死命地叫喊，要是真把人喊过来，反而会更糟糕。幸好周围并没有人过来。我又去看掉在地上的肉，大概有我手掌的一半那么大。另外，我脸上掉肉下来的地方又开始淌血了，而且除了血之外还有发出臭味的黄色汁液，不过我并没在意那个，因为从道雄全身上下冒出来的汁液把我身子都弄湿了，再多一点也没感觉。而且阳光的热量和我自己身子里发出的热量早就让我的喉咙渴得像要烧起来一样，这些汁液从鼻子一直淌到嘴里，正好勉强可以帮我解渴。

“‘你要去哪里啊？’

“我一直呆呆地看着地上的肉块，连有人走过来都不知道。有一个声音突然叫住我的时候，我真的被吓了一跳，以为是阿姨又回来了。还好不是阿姨，而是刚刚那个拖着死猫的小女孩。

“‘你的猫怎么样了？’我嘶哑着嗓子问。

“‘已经拿过去了。尧古索托豪托夫收集了一大堆玩具，还没开始修呢。我看他今天肯定修不完就先回家了，过两天再去拿。’

“‘哦……那个，要是想请尧古索托豪托夫修理的话，该怎么对他说呢？’

“‘很简单啊，你就到尧古索托豪托夫家里去，等尧古索托豪托夫从里屋出来，把玩具拿给他看，说请帮忙修理就行了。’

“‘那然后呢？’

“‘然后……哎？你怎么了？那是什么，血？’

“‘没什么啦，不小心摔了一跤。别管那个了，尧古索托豪托夫出来之后该做什么好呢？’

“‘怎么突然问起这种事情了？……哎呀，血都沾到你衣服上了。’

“‘又不是什么大不了的事情。’

“如果我把事实都告诉她，说不定她以后会向我妈妈打小报告。

“‘我有个洋娃娃的手断掉了，想去修一下，不过现在还丢在家里呢……’

“‘你有洋娃娃啊？我都不知道嘛！丽佳娃娃？芭比娃娃？……哎呀，你看，道雄嘴巴里有什么东西淌出来了！’

“‘唔，洋娃娃是妈妈做的，没名字的。’

“‘哇，真好啊！’那个女孩的眼睛里闪着羡慕的光芒，‘那你可以自己给它起个喜欢的名字了。叫什么好呢？……等等，你的嘴里也有什么东西往外淌啊！’

“我拿手擦了擦嘴角，是有点儿像墨汁一样颜色的液体。

“‘名字嘛……唔……就叫珂蒂莉娅吧。’

“‘什么呀，好奇怪的名字……哎？怎么回事啊，道雄的头发一直在往下掉啊！’

“‘那就叫阿娜蒂门黛萨好了。别管哪个了，接着说刚刚的话题吧。’

“‘刚刚的话题？’那个小孩好像忘得干干净净了，‘啊，是说尧古索托豪托夫啊。去尧古索托豪托夫的家里，等尧古索托豪托夫出来，就说请帮忙修理……你的脸上有什么东西掉下来了。’

“‘这一段你刚刚已经说过了，接下来怎么做？’

“‘接下来，尧古索托豪托夫就会把玩具拿过去先仔细看一遍，看完之后，尧古索托豪托夫就会问你想把这个玩具修成什么样子……道雄肚子里怎么有青蛙叫一样的声音啊，没事吧？……然后你就对他说，要修成原来的样子啦、能动的样子啦、会发光的样子啦、能连在电视上打游戏的样子啦、能插到电子游戏机里打游戏的样子啦……小娃娃好像尿尿了哦……然后尧古索托豪托夫就会再把玩具仔细看一遍，接着就会突然叫喊起来，把玩具放在榻榻米上敲，有时候玩具也会被完全敲坏……你们俩的耳朵怎么都有牛奶一样的东西往外淌啊……然后尧古索托豪托夫会从抽屉里拿出各种各样的工具，把玩具拆开，比如说，如果是玩具汽车就会用起子，如果是洋娃娃就会用剪刀，拆的时候嘴里一直会嘟嘟囔囔的，大家都说是在念咒，可我觉得是在唱歌。另外，如果前面也有人拿玩具过来修，好多东西都会散摆在榻榻米上，尧古索托豪托夫就会一边唱着怪怪的歌，一边把各个部分全都混合到一起去，之后，尧古索托豪托夫就又大叫一声，然后把所有的部分组合起来。他组合的时候速度快得惊人，叫声刚一停下来，所有的部分就弄好了……怎么小娃娃左边和右边胳膊的长度不一样啊？……弄完了之后，玩具就修好了。洋娃娃会恢复原来的样子，玩具车也能动起来了，灯泡能亮起来，电子游戏机也能打游戏了，游戏卡也……到底怎么了？这么热的天气，你好像还在哆嗦啊？’

“她说得没错，我确实觉得很冷，而且全身的肌肉都好像在抽筋一样，怎么都停不下来。

“‘没关系，我在哄道雄呢。那个，尧古索托豪托夫的家是往这边走吗？’

“‘说什么呀，才不是呢。尧古索托豪托夫的家是在那边，’那个小孩朝我来的方向指着，‘往这个方向走，大概要三十分钟的时间。’

“我谢过那个孩子，背着死了的道雄，加快脚步往尧古索托豪托夫的家那边走。

“好不容易走到玩具修理者的小屋，已经是傍晚的时候了。笼罩在夕阳下的小屋，看上去灰扑扑的，不仔细看，简直会把它当成坟墓。进去的门看起来又大又重，可是只要轻轻一推就推开了。

“房间里有个玄关一样的地方，但是并没有放鞋的柜子。从玄关走进来就是放榻榻米的房间。房间很大，差不多可以放四到六叠榻榻米的样子。房间里没有窗户，只有从我刚刚打开的门那边射进来的光线，还有就是天花板上挂着一只光秃秃的电灯泡。榻榻米看上去黏黏糊糊的，还有股奇怪的味道，不知道有多久没有拿出去晒过了。墙上到处都有剥落的地方，露出黑黑黄黄的斑点。天花板上有无数像是人脸一样的图案，看了让人害怕。玄关对面有一块帘子挡起来的地方，里面好像还有一个房间。

“我倒在榻榻米上，勉强用抽筋的舌头喊，‘尧古索托豪托夫！！’

“可是玩具修理者并没有出来。

“我已经完全没有力气动弹了，只能瘫在榻榻米上呻吟着。汁液从我和死掉的道雄身上淌下来，和榻榻米上原来就有的黏黏糊糊的东西混在一起，聚成一个个小水洼，然后又慢慢扩散开来。

“大概过了三十分钟，布帘子被掀开了一条缝，有一只眼睛从里面往外看，但是这只眼睛又不像是向我这里看的样子，而是朝着一个很奇怪的角度。接着帘子完全掀开来，玩具修理者终于出现在我面前，但就像刚刚一样，他好像完全没有看到我的样子，只是一直不停地东张西望。他的嘴角带着冷冷的微笑，红色的舌头从茶色的牙齿缝里探出来，似乎像一只眼睛在看着我。他的皮肤和小屋一样，带着灰灰的颜色。

“我想看看帘子后面房间的样子，可是太暗了，什么都看不见。

“这时候，玩具修理者走到我们旁边，把道雄拿过去举起来，但是因为还有一根带子绑在我身上，所以连我都被一起吊了起来。

“‘真——烦——人……这个——打算——怎么——修理？想要——修成——什么——样子？……真——烦——人——’

“玩具修理者那么说。他的声音似乎很粗，又似乎很细，听起来像是各种各样高高低低的声音混合在一起。

“‘尧古索托豪托夫！！’我又一次想要死命大叫，可是只能发出轻得像蚊子一样的声音，‘请把这个修好！修成原来的样子、能动的样子、能说话的样子、能吃饭的样子、能喝水的样子、能淌汗的样子、能大哭的样子、能撒尿的样子、能大便的样子、能看的样子、能听的样子、能闻的样子、能尝的样子、能感觉的样子、能思考的样子！’

“玩具修理者又把道雄仔仔细细地观察了一遍，然后这样子叫起来：‘吐哇噫嗌噫吐咧噫吐吓呔——噗！！还没好吗？！’

“然后就把我和道雄一起丢回到榻榻米上。

“我痛得连说话的力气都没有了，而这时候玩具修理者又回到里面的房间里，拿了一把锈迹斑斑的刀子出来，然后用刀把带子割断，再把道雄放到榻榻米上面。

“玩具修理者先把道雄的衣服脱掉，全部脱完以后，就把衣服、尿布什么的仔细地摊开放在榻榻米上，然后把衣服上的扣子取下来，但并不是把扣子上的线割断，而是把扣子和线一起同样很仔细地放到榻榻米上，又把衣服上缝的线仔细地抽出来，这样衣服就变成一块一块的布了。接着玩具修理者又拿出了放大镜一样的东西，用针把布头里面的线一根一根挑出来，全都拉直了，整齐地放在榻榻米上。这些做完之后，又开始仔细查看纸尿布，把纸一张一张地剥下来，剥到最后的时候，有些像果冻一样的恶心东西溢出来，玩具修理者抠起一块闻了闻，脸上露出怪笑，开始唱起歌来。

“‘呖——哒噫唾吡，咭——唾呗噫咕咕……’

“衣服和尿布都拆完以后，玩具修理者又从里面的房间里拿出一把玩具手枪，一边叫着，一边扔到榻榻米上，开始拆它。我猜那可能是别的小孩儿拿过来的，说不定玩具修理者就是打算搜集很多玩具之后才开始一起修理。反正玩具修理者用快得惊人的速度把螺丝卸下来，又把胶水粘着的部分也拆开——不行的时候就用一下刀子——把玩具手枪也拆成一块一块的。然后又开始拆一台小孩子用的打字机，把那个也同样拆成一块一块的，还把电子线路板上的零件也一个一个拆下来，整齐地放在榻榻米上。

“这时候榻榻米上已经有无数东西了：玩具手枪的零件呀、衣服的纤维呀、纽扣呀、纸呀、果冻样的东西呀，全都堆在榻榻米上，根本分不出哪个零件原本属于哪个东西。接下来，玩具修理者就在死了的道雄旁边坐下来，开始一根一根地拔他身上的毛发，拔的时候常常会有汁液溅到玩具修理者的脸上，可他好像一点儿也不在意的样子，一边拔一边很开心地唱他自己的怪歌。

“‘嘶嘿——唠呲——吆呦——咦咦——嗳呋，啊咦唛咦嘎咦呢——哚呖——咪噜……’

“把毛发都拔完以后，他开始拔手脚上的指甲——拔的时候当然还是会有汁液溅出来——然后开始用刀从头顶往下一直切到肛门，很小心地把皮肤剥下来，于是下面就露出黄黄白白的脂肪块，隐隐约约还能看见底下的肌肉。玩具修理者很小心地把脂肪从肉上剥离开来，然后道雄就变得像理科实验室里的人体模型一样。玩具修理者又把肌肉纤维一丝一丝剥下来放到榻榻米上，等到剥完以后，就剩下骨骼、大脑、神经、血管、内脏和眼球了。

“玩具修理者先把眼球挖出来，然后不知道用什么方法弄开了头盖骨，把大脑从里面取出来。道雄的大脑在那时候的我眼里看起来就像是草莓奶昔一样，又有点像是泡在番茄汁里的豆腐，软绵绵的。玩具修理者盯着它看了一会儿，先把左脑和右脑分开，接着把脑干、小脑、延髓、脑垂体什么的都很精细地一份一份分解下来——当然那些部位的名称都是我长大以后才知道的，当时的我并不明白那些都是什么东西。

“接着，玩具修理者从脊椎骨里小心地抽出脊髓，把它连同全身的神经一起仔细地放到榻榻米上，然后又把内脏和血管取下来，从中间剖开放血，再分解成单独的部分。特别是解剖消化系统的时候，可恐怖了：消化系统比我想象的要长很多，像道雄那么一个小孩子都不知道有多少米长。在只剩下一副骨架的道雄肚子里，有食道啊、胃啊、十二指肠啊、小肠啊、大肠啊、结肠啊、盲肠啊、直肠啊、肛门啊，还有连名字都不知道的器官像海水一样往外流，满满地铺开在整个房间里。玩具修理者用刀把它们都切开，把里面的东西滴滴答答地拿出来。

“在食道和胃里，没消化的牛奶和胃液混在一起，黄黄的，还有一股臭味，从肠子中间开始就变成半固体的东西，越往下变得越浓，最后变成绿色的大便。玩具修理者把消化道里的东西用手拢到一起，观察了一会儿它们的颜色，然后又用镊子把各个骨头和软骨拾起来，按照大小顺序放在榻榻米上面。

“道雄这边都弄完之后，玩具修理者又把死猫拿了出来，开始拔它的毛，接着又像对道雄做过的那样对死猫再做一遍，只是猫的胃里不是牛奶而是鱼肉。不过那个时候我已经渐渐快要昏过去了，最后终于什么都看不到了。

“为什么我会昏过去呢？是因为看到解剖道雄的过程，

还是因为受伤和劳累的缘故？到现在我也没弄明白。不过如果真的不是因为看到解剖过程而昏过去的话，我这个做姐姐的大概也是太冷漠了吧。

“快昏过去的时候我又听到玩具修理者的叫喊声，也说不定是梦吧。

“‘吐哇噫嗌噫吐咧噫吐吓呔——噗！！还没好吗？！’

“等我醒过来的时候，道雄和猫都已经修好了。猫咪正在梳理自己的毛，道雄则是睡着了的样子，缓缓地呼吸着，明显是已经活过来了。玩具修理者正在组合那台打字机，榻榻米上可以看见打字机和玩具手枪的零件都混在一起，还有一些残留的内脏呀、血管呀、肌肉纤维呀、大脑什么的。我分不出那些到底是道雄的还是猫的。玩具修理者好像是把生物组织和电子制品一起组合到打字机里去了。

“打字机用了生物体的一部分，那么道雄和猫的身体里也用了玩具手枪和打字机的一部分吗？

“我带着这个疑问去看猫的脸——不仔细看真的很难发现，原来猫的眼睛就是玩具手枪的子弹呢！”

她一口气说到这里，终于停了下来。

“那后来怎么样了呢？”

“回家了呀。回家的时候已经是夜里了，爸妈都非常生气，但我坚决没有把真实的情况告诉他们。”

“那么说，”我端起已经变得比较热乎的咖啡——冰块都已经化光了——一口气喝了个干干净净，然后接着说，“你是在做梦，是中暑昏倒的时候做的梦吧？”

“不是梦啦。”

“那我问你，后来你有没有见过那个阿姨，就是去玩具修理者那边的时候遇到的那个阿姨？”

“那次以后还遇到过几回，不过每次她都好像故意躲着我，所以一次都没跟她说过话。”

“是吗？那么，你遇到的那个拖着死猫的小女孩，后来还遇到过吗？”

“唔唔，差不多每天都遇到啊，就像平时那样子一起说话一起玩啊。”

“可是你们不是应该说起那只死猫的事吗？”我有些得意地说，“还像平时那样子说话的话，不就有点儿奇怪了吗？”

“你说得也没错啊，但是她的猫死掉的事情是个秘密啦，从来都不说的。”

“不对哦，”我蛮有把握地说，“其实那一天你们根本就没见过面，也没说过话；而且你也没碰到过那个阿姨，不然你当时受伤那么严重，阿姨怎么可能看不出来——所以全都是梦啦。”

“跟你说了不是梦！！”她激动得身子都开始颤抖起来，“都是实实在在发生的事情！！”

“不，肯定是梦，全都是。你要是不相信，自己到玩具修理者的小屋去看看好了。我猜那里只是一个喜欢小孩的怪人住的地方罢了。”

“我去看过的啊。”

“呃？”

“玩具修理者修理过道雄之后，起先的一段时间里一切都还很正常，可是大概在一个月之后，妈妈突然发现不对劲的地方了。有一天从早上开始妈妈就大叫着，‘奇怪呀！奇怪呀！这事情太怪异啦！’

“爸爸看见妈妈的样子就问，‘怎么了？什么事情怪异啊？’

“‘是道雄啊！’

“妈妈歇斯底里地大叫着，眼泪大滴大滴地落下来。

“‘什么？！道雄怎么了？！’

“‘道雄他……’

“‘道雄他？’

“‘完全不会长大啊！他的生长完全停止了！’

“生长停止是我的失误。我只拜托玩具修理者去修理道雄，却忘记让他把道雄修理成可以生长的样子了。玩具修理者完全按照我的要求去修理，我说要什么样子他就修成什么样子，而我没说的东西——哪怕是最一般的常识，他也不会去做的，就好像他完全没有常识一样。

“道雄被爸爸带去了医院。他们回来的那天晚上，我去偷听了爸爸和妈妈的谈话。爸爸说，医院也搞不清楚到底是怎么回事，根据血液检查的结果，好像是道雄身体里缺少一种生长激素；然后医院又给道雄做了 CT，想要检查他大脑的状态，但是计算机无法处理数据，说得不到大脑的图像——我猜这肯定是道雄大脑里有什么电子部件造成的影响——然后医生就说，暂时没办法做什么治疗，只能先观察一段时间再说。妈妈听了之后，就紧紧抱住道雄，哭了起来。

“从那以后，妈妈总把道雄带在身边形影不离，所以我根本得不到机会把他重新拿去修理。本来想就这么算了，不想再冒险了；但是我又担心，万一哪一天被爸妈发现是我的原因导致道雄变成现在这个样子，不知道会遭受到什么样的惩罚。我思来想去，终于决定还是耐心等待一个妈妈不注意的机会，把道雄偷偷带出去重新修理一下。幸好，从那以后过了几个星期，机会终于来了。

“有一天，妈妈因为连续好多日子整日整夜不睡觉地守着道雄，就像神经质一样，最后终于坚持不住，迷迷糊糊地打起了盹来。我就趁着这个机会，赶紧偷偷抢过道雄，带着他飞奔到玩具修理者那里，对玩具修理者说：‘把这个孩子修理一下！修成可以正常生长的样子！’”

说到这里，她停了下来，于是我问，“那么玩具修理者又像你前面说的那样开始解剖了？”

“大概吧。”

“大概？‘大概’是什么意思啊？你没亲眼看见吗？”

“嗯，我后来就回家了。”

我找到她话里前后矛盾的地方了。第一次的时候她坚持把整个解剖过程都看完了，可是第二次的时候却自己一个人先回家，这不是很奇怪吗？抓住这一点追问下去，说不定就可以打破她的妄想。

“为什么你会回家？好好想想这个问题吧，认认真真地想一想！”

“没必要认真想啊，原因我记得很清楚：我是因为受不了道雄哭才回去的。”

“呃？”

“道雄在哭啊，刀子切开皮肤的时候哭的声音很大的。不管怎么说，我这个做姐姐的总不忍心一直盯着弟弟又哭又叫啊。”

“难——难道，”我张口结舌地望着她，全身的冷汗又开始往外冒，头也晕沉沉的，像是整个咖啡店都在旋转一样，“难道说，玩具修理者是在对人做活体解剖？”

“是的。”

“可——可是，那不是犯了杀人罪吗？”

“什么呀！如果在分解的时候就逮捕玩具修理者的话，说不定还可以说他犯了杀人罪，可是等到玩具修理者把人重新组装起来的时候，杀人罪就不成立了啊。被杀的人现在既然还活着，又怎么能算是杀人罪呢？”

“那就是杀人未遂。”

“那也不对。玩具修理者根本不是要杀人。他是要修理——换句话说，是为了治疗才那么做的。如果玩具修理者是杀人未遂，那么所有的外科医生都犯了伤害罪了。”

我有点糊涂了，她说的话听上去好像有些道理，但又似乎有什么地方不对劲，只是我一下子想不出来。于是我只好继续问，“那么，在玩具修理者修理过之后，道雄又变成什么样子了？”

“道雄确实开始生长了——关于这件事情医生也觉得很奇怪，不过反正治好了，也就没有深入追查原因，大家反正都很高兴。可是，大概又过了一个月左右，妈妈又发现了奇怪的事情。当然这一回不像上次那么惊慌失措，发现之后爸爸直接又把道雄抱到医院去了。”

“这回又怎么了？”

“道雄的身体虽然开始生长了，但是头发和指甲却都不会长。当然了，这一回医院同样找不出原因，还是要靠我把道雄带到玩具修理者那边去才行。”

“第二次？第二次让他被杀掉？”

我差点儿想把刚刚喝的咖啡全部吐出来。

等一下。让我冷静下来好好想一想。到底什么地方不对劲呢？对了，她的话完全不合常理，我应该可以反驳她。

“我明白了，全都是做梦吧。不然的话，死了的人怎么可能生还呢？”

她看了看我，没回答我的问题，反而指了指我的手腕说，“那个手表，以前你说过它坏掉了。”

“啊，现在好了，修理过了。”我知道她想说什么，“但是，这个手表不是活的啊。”

“那么它是死的喽？”

“既不是活的也不是死的……啊，说它是死的也行，反正就是没有生命的意思啦。”

“你凭什么说手表没有生命，而人是有生命的呢？说不定是手表有生命，而人反而是没有生命的呢。”

“你说的根本就不像话嘛，这种事情连小孩子都知道的。”

“那么，你告诉我啊。所谓‘生命’，到底是什么东西？所谓‘活着’，又到底是什么意思？”

“那个就是——就是说——唔……这么难的问题，还是去问生物老师比较好啦。”

“难？不对啊，应该一点都不难吧，你刚刚不是说，生物和非生物的区别连小孩子都很清楚吗？那我再问一次，你明白生物和非生物有什么不同吗？”

“这个我当然明白啊。人是生物，猫也是生物；咖啡是非生物，水也是非生物；青蛙是生物，蛇也是生物；杯子是非生物，花是生物……”

“可你到底是在依据什么来判断呢？”

“呃？”

“既然你刚刚列举了那么多生物和非生物，那么你应该有一种什么标准来判断它们吧？”

“那当然啦。”

动的是生物，不动的是非生物。可这明显不对。汽车就是非生物……必须依靠自己的意志行动的才是生物，可植物不会动啊……那么会生长的才是生物，不会生长的就是非生物？可那样的话，钟乳石也可以算做生物了……会繁殖的是生物，可有些腐殖质也会增长，而且如果将来出现可以自我繁殖的机器人的话，是不是也该算作生物呢？

哎呀，就给个最简单的回答吧。

“生物就是动物和植物。”

“这种回答根本没有意义，就像说‘人类就是男人和女人’一样。我问你，动物是什么，植物又是什么？”

“动物就是……”

到底怎么回事，为什么连这么简单的问题都回答不了？

“连动物是什么都不知道啊，还是我告诉你吧：动物就是必须以其他生物为食的生物；植物就是不需要吃其他生物也能生存的生物。刚刚你说生物就是动物和植物，这其实就是说，生物就是以其他生物为食的生物和不以其他生物为食的生物，这不是完全没有意义的话吗？如果我说，日本人就是好的日本人和不好的日本人，这种说法有意义吗？根本就是毫无意义的同义反复罢了。”

“照你这么说，你又明白生物和非生物的区别吗？”

“其实没有区别的，”她鲜红的嘴唇闪亮着，“生物和非生物根本就没有区别。机器如果继续向越来越精密、越来越复杂的方向前进，很快就会变得像生物一样了。到那个时候，根本就不会再有什么生物和非生物的说法了。”

“不对！我就很清楚生物和非生物之间的区别！”

“那只是你自己那么想罢了。从你刚有记忆力的时候开始，就从大人那里接受知识，但也只是一个接一个地把东西都记下来罢了。人是活的，猫是活的，石头不是活的，等等等等。所以你只是记下来，但是并不知道这么区分的原因。我问你，你听说过‘地球是活的’这种说法吗？”

“‘地球是活的’这句话，只是个比喻的说法呀。”

不过这其实是个借口。我知道世界上确实有人主张地球是活的。他们经常和那些主张地球非生命的人辩论，但是两边谁也说服不了谁，双方的说法都缺乏根据。也就是说，主张地球生命说的人仅仅是自己认为地球有生命；而主张地球非生命说的人也仅仅是自己认为地球无生命。判断一样东西到底是生物还是非生物，并没有一个确定的标准，他们都是根据自己的看法来判断。

不行，我被卷到她的逻辑里去了。我应该好好想想，好像有什么地方是很奇怪的，可到底是什么呢？好像是她的话里漏掉了一点儿什么……

“怎么突然不说话了？开始相信我说的了？”

我想到了。

“你怎么一直都没有说戴墨镜的原因呢？为什么不说呢？这难道不奇怪吗？本来就是为了找到你戴墨镜的原因，才听你说了那么多话。”

“啊，难道我没说吗？我从天桥上摔下来的时候脸上少了一大块呀。”

“难——难道……”

“是啊，我也请玩具修理者修理我自己，就是在后来昏过去的那段时间里。为了不引起人们的注意，我特意让玩具修理者帮我做了一只伪装用的隐形眼睛，但是那个几年前就坏了，从那以后我白天就不得不戴墨镜了……对了，你看，”她把头发拨开，站起身子，用眼睛对准天花板上电灯发出的光线，“这样你就相信了吧！我左边的瞳孔遇到强光的时候会变细……因为那是猫的眼睛啊。”

我揪着自己的头发，害怕得不敢正视对面的她，只好垂下目光，盯着桌子大叫，“姐姐你到底是不是人啊？”

“道雄你又到底是不是人呢？”

我怎么也无法直视姐姐的左眼了。

小林泰三的世界

小林泰三是日本科幻小说界的实力派作家之一，自从1995年发表处女作《玩具修理者》以来，陆续发表了无数精彩的科幻和恐怖作品。

说起来，小林泰三得以成为作家，他的夫人功不可没。《玩具修理者》本身是第六届日本恐怖小说大赛的参赛作品，并且获得了当年的短篇小说奖，然而据小林泰三自己说，当初想要参加大赛的并不是他，而是他的夫人，只是当时眼看大赛的截止日期就要到了，而他夫人的文章还连个像样的开头都没有，实在看不过去的他于是就很好心地用了三天时间写了一篇——获奖的《玩具修理者》就这么诞生了，而小林泰三自己也就从此一发不可收拾，开始在日本幻想文学领域绽放出他独有的夺目光彩。

小林泰三的作品主要可以分为恐怖小说和科幻小说两大类。他的科幻作品大多带有鲜明的“硬科幻”色彩，这应该也与他的专业有很大关系。小林泰三拥有大阪大学基础工业部的硕士学位，毕业后一直在三洋电机的研究部门从事移动通信的研发工作，所以尖端的科技理论与严密的逻辑分析几乎就成了他作品的鲜明特征；而在另一方面，小林泰三又极其擅长刻画渲染恐怖怪异的惊悚气氛——尖端科技与恐怖气氛结合在一起，也就成了小林泰三作品独一无二的标志，以至于人们干脆将小林泰三笔下的世界称之为“小林泰三的世界”。

对于所谓“小林泰三的世界”，《日本最新科幻书籍导读 150》中有一段介绍相当传神：小林泰三很喜欢做的事情，就是揭开膝盖上的伤疤给朋友看，一边揭一边故意摆出龇牙咧嘴的表情，而且还要配上丰富的效果音，一直弄到皮开肉绽的时候，再把肌肉纤维一丝丝拉出来向朋友展示分析，然后很满足地叹一口气，带着满身的血开心地舞蹈起来——获奖作《玩具修理者》无疑就是展现这一世界的标准作品。

《玩具修理者》讲述了一个修理死亡孩子的惊悚故事。文中对于活体解剖过程的详尽描写充分显示出小林泰三的风格，然而如果认为作者的趣味仅在于此，恐怕就误解了作者的苦心。尽管像“尧古索托豪托夫”、“吐哇噫嗌噫吐咧噫吐吓呔”之类的短语难免让人想起洛夫克拉夫特笔下的邪神克苏鲁，然而在恐怖的表象背后，小林泰三提出的却是一个标准的菲利普·迪克式的问题：追问“究竟什么是人类”的人，他自己究竟是不是人类呢？顺便提一句，根据井上雅彦的解说，“尧古索托豪托夫”一词正是来源于克苏鲁神话中的上古邪神“犹格-索托斯”（Yog-Sothoth）。

不过，虽然小林泰三是以恐怖小说而登上作家舞台的，但从本质上说，他还是应该被算作一位相当优秀的科幻作家。日本的《SF 杂志》就将小林泰三列为日本“硬科幻新御三家”之一（另两位是林让治和野尻抱介，三个人的名字首字母恰好拼成 NHK——日本广播协会）。与《玩具修理者》同收于本书的另一篇《醉步男》就显示了小林泰三在纯科幻领域的功力。这篇小说巧妙地借用了来自《万叶集》的日本古代传说，描写了犹如醉酒之后不知身在何方的、彷徨于无限时空中的男子，在极力烘托诡异气氛的同时，充分展现了作者对于量子理论范畴下的时间、意识以及因果关系等概念的深刻理解。有意思的是，这部小说在许多方面都和当年的热门电影《蝴蝶效应》异曲同工，但是和导演剪辑版的电影结局中主人公可以选择自己的死亡相比，小林泰三笔下的人物无疑显得更加不幸：无论血沼或者小竹田，连选择自己死亡的权利都没有……这篇小说于问世的第二年便获得了第 28 届日本星云奖短篇小说奖提名，显示出评论界对于小林泰三科幻创作的肯定。

来自读者的反馈同样是肯定的。2001 年，小林泰三出版了他的科幻长篇《A Ω》。这篇小说描写了一种奇异的、与人类的生命形式截然不同的等离子生命体。在故事中，这种生命体中的一员“伽”，为了追寻敌对的“影子”而来到地球，但“伽”的出现无意中影响到一架客机的正常飞行，造成飞机坠毁，机上乘客也随之死亡。“伽”就在这种情况下寄生到了机上的乘客之一作家诸星隼人的身上，奇异的冒险经历也就随之展开了……这篇小说获得了第22届日本科幻大奖的提名，同时被《SF杂志》读者选为2001年度最佳科幻小说的第一名，显示出读者们对于“小林泰三的世界”中科学幻想故事的认同。

2002年，小林泰三的另一部短篇小说集《看海的人》问世。这部小说集收录了他自1998年以来发表于《SF杂志》上的多篇文章，可以说篇篇都是佳作，尤其是同名作品《看海的人》。这篇小说描写了一个居住在山上的少年与生活在海边的少女之间的爱情，但在他们面前的却有着无情的物理规律的阻隔：因为在这个世界上，距离海面越近，时间流逝就越慢；距离海面越远，时间流逝也就越快。于是对于山上的少年来说，少女永远都是年轻可爱的；但是对于海边的少女来说，相爱的人却几乎是在一瞬间便年华老去……这样的设定不禁让人想起麻省理工学院物理教授阿兰·莱特曼笔下的《爱因斯坦的梦》，不过相比于那本更具散文色彩的随笔，小林泰三的故事显然更具有他个人独有的风格。这篇小说最初刊登在1999年2月的《SF杂志》上，获得了当年的读者奖，并得到第30届日本星云奖的提名。

上面所列举的是小林泰三比较引人注目的一些作品，此外还有许许多多这里没有提及的作品，也都具有小林泰三个人鲜明的风格。尽管是在三十岁之后才发表作品，但通过这一篇篇的杰作，小林泰三正在日本幻想文学领域绽放着越来越绚丽夺目的光彩。某个网络论坛上曾经有人留言说：“（小林泰三）无论什么时候踏入文坛，都一定会作为幻想作家而大放异彩。”显然这话确实是一点儿都不过分的。

丁丁虫

图书在版编目（CIP）数据

醉步男 / (日) 小林泰三著; 丁丁虫译 . -- 北京 : 北京时代华文书局 , 2018.11
(2025.4 重印)
ISBN 978-7-5699-2691-0

Ⅰ . ①醉… Ⅱ . ①小… ②丁… Ⅲ . ①科学幻想小说－日本－现代
Ⅳ . ① I313.45

中国版本图书馆 CIP 数据核字 (2018) 第 239827 号

北京市版权局著作权合同登记号　　图字：01-2024-1566

原书名: 玩具修理者
作者名: 小林泰三
原出版社: 角川ホラー文庫

醉步男

ZUIBUNAN

作　　者 | [日] 小林泰三
译　　者 | 丁丁虫

出 版 人 | 陈　涛
策划编辑 | 王雅观　黄思远
责任编辑 | 徐敏峰　王雅观
营销编辑 | 陈　煜　呼秀雯
封面插画 | 椰　青
封面设计 | 王柿原
责任印制 | 刘　银　范玉洁

出版发行 | 北京时代华文书局 http://www.bjsdsj.com.cn
北京市东城区安定门外大街 136 号皇城国际大厦 A 座 8 楼
邮编: 100011　电话: 010 - 64267955　64267677
印　　刷 | 三河市兴博印务有限公司 0316-5166530
（如发现印装质量问题，请与印刷厂联系调换）
开　　本 | 880mm×1230mm　1/32
印　　张 | 6.5
字　　数 | 114 千字
版　　次 | 2019 年 10 月第 1 版　　2025 年 4 月第 12 次印刷
书　　号 | ISBN 978-7-5699-2691-0
定　　价 | 49.00 元